OHSAMA BUNKO

眠れないほどおもしろい おくのほそ道

板野博行

三笠書房

旅こそ人生――
いざ「みちのく」へ！
『おくのほそ道』の
世界へようこそ！

はじめに

風雅の道を極めんと、芭蕉は「みちのく」へと旅立った

芭蕉《ばしょう》が『おくのほそ道』の旅に出たのは、数え年四十六歳の時。

今でいえば「働き盛り」、まだまだ老いを意識するような年齢ではありません。しかし、当時は「人生五十年」の時代、結果として五十一歳で亡くなった芭蕉としては、人生最後の旅になるという予感と、そして覚悟がありました。

芭蕉以前の俳諧《はいかい》は、みんなで句を詠《よ》んでその場を楽しむことが目的でした。最初の人が「五・七・五」と詠んだら、次の人が「七・七」を付け、その次の人がまた「五・七・五」と続けていく。こうした文芸を「連句《れんく》」と呼び、面白おかしい句を詠んだ人に「座布団一枚!!」と盛り上がる場(いわゆる「座」)を共有するエンターテインメントの文化が俳諧でした。

若き芭蕉は、俳諧で身を立てることを夢見て故郷の伊賀《いが》(現・三重県西部)を出て江戸へと向かいました。やがて俳諧の師匠(宗匠《そうしょう》)となり、それなりのポジションを

築いた芭蕉でしたが、次第に自分のやっていることが低俗な流行にすぎないことに嫌気がさしてきます。

そんな芭蕉を高みに引き上げたのは、**西行法師**《さいぎょう》でした。旅に生き、旅に死んだ西行の生き方と歌に感銘を受け、尊敬し、憧れた芭蕉は、**四十歳を過ぎて「旅こそ人生」と思う**に至ります。

それからの芭蕉は何かに取り憑《つ》かれたように旅に出ました。『野ざらし紀行』『鹿島《かしま》紀行（鹿島詣《もうで》）』『笈《おい》の小文《こぶみ》』『更科《さらしな》紀行』……しかし、それらは芭蕉の詩魂《しこん》を満たす旅ではありませんでした。

西行五百回忌《かいき》に当たる一六八九（元禄《げんろく》二）年。「ここを逃したら、チャンスは二度とない」――。覚悟を決めた芭蕉は、風雅の道を極《きわ》めるため、異郷の地「みちのく」へと旅立ちます。その**執念の結晶が『おくのほそ道』**です。

この本では、芭蕉のその想いを最大限汲《く》み取りながら、わかりやすく、面白く、そしてまじめに語っていきたいと思います。『おくのほそ道』の旅は、現実の旅以上に「心の旅」です。読者の方々の琴線《きんせん》に触れる何かがこの本の中にあれば、作者として幸甚《こうじん》です。

板野博行

もくじ

序章　旅に生き、旅に死すとも本望
——西行に憧れ「風雅の道」を極めることを決心

1章

『おくのほそ道』への旅立ち
――江戸を出立、日光・黒羽から聖地巡礼スタート！

2章 「白河の関」を越えて…いざ、みちのくへ!! ——北へ北へと歩を進め、平泉で詩魂が爆発?

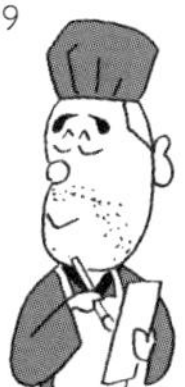

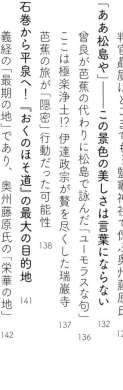

3章

まさに旅の山場！　出羽三山での神妙体験
――スパイ詮議、蚤・虱にも負けず名句続々！

4章 北陸道を南進! 長旅の疲れでへとへと道中

——持病も悪化し、句作にも苦労!

5章

曾良と別れて旅の終着地、大垣へ！
——そして、「風雅の道」探求の旅路は続く

※本書で取り上げた句は、基本的に『ビギナーズ・クラシックス 日本の古典 おくのほそ道（全）』（角川ソフィア文庫）に準じていますが、一九九六年に公表された「芭蕉自筆」の『奥の細道』の草稿原稿と異同がある場合、必要に応じて句に変更を加えました。

漫画・イラストレーション　谷端 実

画像提供（数字は掲載ページ）
「文知摺石（普門院）」塔短歌会 梶原さい子：P.104／「武隈の松」宮城県岩沼市教育委員会：P.119／『多賀城址壷碑図』東京都立図書館所蔵：P.126／「水田に浮かぶ九十九島」にかほ市象潟郷土資料館蔵（提供）：P.152、189／「おくのほそ道の風景地－有磯海－（富山県 雨晴）」photolibrary：P.198、212

ナビゲートは曾良が承ります!!

松尾芭蕉は「俳聖」と呼ばれるほど超～有名だけど、その代表作である『おくのほそ道』の旅に同行したボクの名は「曾良《そら》」。芭蕉の弟子の一人だ。

師の芭蕉が『おくのほそ道』の旅に出たのが四十六歳、その五歳年下のボクは四十一歳。二人とも立派なおじさんだ（この時代、ヘタをすると「おじいさん」直前）。

江戸・深川《ふかがわ》（江東区深川）にある芭蕉庵《ばしょうあん》の近くに住んだボクは、尊敬する師と仲良くさせてもらい、俳諧にも精進《しょうじん》した。ただ、あまり上達しなくて**「下手の横好き」**といわれたりもした。

ただし、俳諧以外に得意なことがあった。それは、穏やかで細やかな気配りができる性格と、神道家《しんとうか》として蓄えた幅広い知識だ（エッヘン!!）。それを見込まれて、**芭蕉の旅に同行すること二回**。一回目は『鹿島紀行（鹿島詣）』、そして二回目が芭蕉の最大にして最後の旅となる『おくのほそ道』。なんとも光栄なことだ。

ボクは張り切ってコースの下調べや資料収集などをした。ときには芭蕉の荷物を担いだりして、とにかくこの旅を無事に、そして成功裏に終わらせるよう最大限努力した。

結果、**『おくのほそ道』は名句満載**、芭蕉の代表作となったばかりか、日本文学を代表する紀行文として後世に残ったと自負している。

実はボクはメモ魔だったので、旅の記録として**『曾良随行日記』**（『曾良旅日記』とも）を書き残したんだ。芭蕉の書いた『おくのほそ道』とボクの記録とが違っていたりする箇所もあり、そのあたりも含めて、この本では博識なボクが『おくのほそ道』の旅をわかりやすくナビしていくので、よろしくね!!

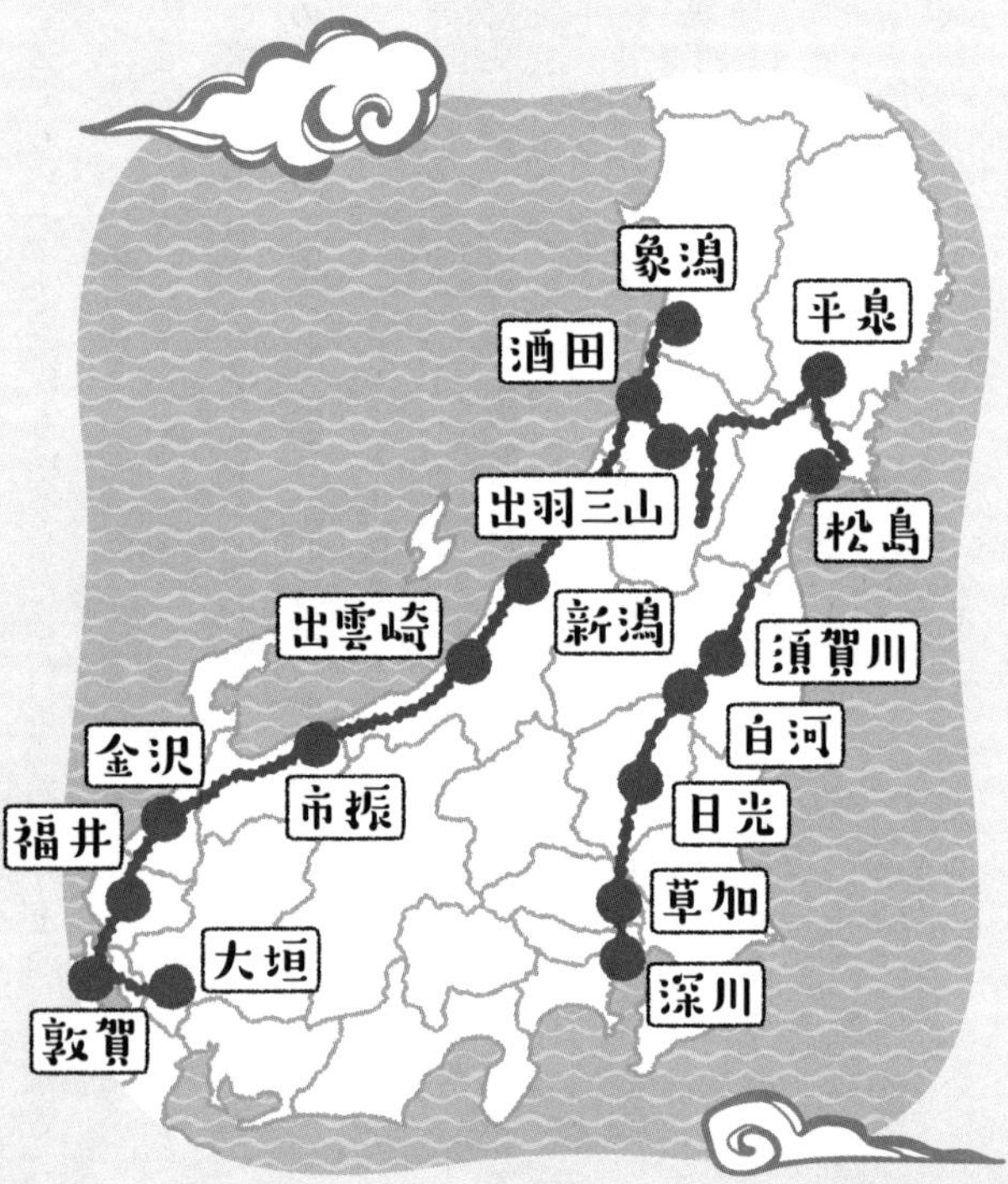

伊賀上野に生まれた芭蕉は、29歳にして処女句集を発表し、志を立てて江戸に出た。やがて江戸俳壇に一定の地位を占めるようになった芭蕉だが、従来の俳諧では満足できず、憧れの西行同様、「旅」に出ることで風雅の道を極めることを決心する。

序章

旅に生き、旅に死すとも本望

――西行に憧れ「風雅の道」を極めることを決心

俳聖・芭蕉はこうして生まれた

一六四四（寛永《かんえい》二十一）年、伊賀上野《いがうえの》（現・三重県伊賀市）の無足人《むそくにん》※松尾与左衛門《まつおよざえもん》の次男として生まれた芭蕉は、十三歳で父を亡くし、家計を支えるため若くして出仕した。苦労人だ。

芭蕉が仕えたのは藤堂《とうどう》藩※の侍大将《さむらいだいしょう》藤堂良勝《よしかつ》の三男**藤堂良忠《よしただ》**だった。良忠は兄二人が早世したため嗣子《しし》（跡取り）となっていた。小姓《こしょう》として仕えた芭蕉は良忠の二歳年下で幼馴染の間柄。気の合う二人だった。

良忠は**「蟬吟《せんぎん》」**の号を有する俳諧《はいかい》好きだった。その引き立てで芭蕉は句会※に参加することができ、次第に句作にのめり込んでいったんだ。

芭蕉は十代の後半から本格的に俳諧の道を志し、京の北村季吟《きたむらきぎん》に師事した。季吟は歌道の学者であると同時に、俳諧を松永貞徳《まつながていとく》に学んでいた。
貞徳の俳諧は**「貞門派《ていもんは》」**と呼ばれ、それまでの俳諧を刷新する新鮮な作風で一世を風靡《ふうび》していた。芭蕉が俳号として**「宗房《そうぼう》」**と名乗っていた二十歳の時に詠んだ初々《ういうい》しい句が残っている。

月ぞしるべ　こなたへ入《いら》せ　旅の宿

訳 明るい月が道案内となりましょう。さあ旅のお方、どうぞこちらへお入りになって私どもの宿にお泊りください。※季語は「月」で秋。

……失礼ながら、**凡庸《ぼんよう》な句**だね。芭蕉の句でなければ後世に残ることはなかっただろう。貞門派の特徴として、古典を下敷きにした句を詠むことが多く、この句も謡《よう》曲《きょく》『鞍馬天狗《くらまてんぐ》』の「奥は鞍馬の山道の、花ぞしるべなる。此方《こなた》へ入《い》らせ給《たま》へや」に題材を採っている。「花」を「月」と替え、宿屋の呼び込みを謡曲風に仕立てて詠《よ》んだところに工夫があり、貞門派の流儀に則したものだった。

※「無足人」……藤堂藩では、苗字帯刀を許す代わりに俸禄《ほうろく》を給付せず、いざという時には公用に当たらせる無給の武士。実際は農業を生業《なりわい》としていた。在地の土豪たちの懐柔策《かいじゅうさく》とした身分制度。
※「藤堂藩」……津藩の別称。現・三重県津市が本拠地。藩祖は藤堂高虎《たかとら》。
※「句会」……俳諧の指導者である「宗匠《そうしょう》」を中心に、「連《れん》」と呼ばれる仲間（連衆《れんじゅ》）が集《つど》って句を作る会を「月次俳諧《つきなみ》」といい、定例的に行われていた。

「俳諧で身を立てる！」二十九歳で江戸へ

「貞門派」は古典の素養を重んじるあまり知識偏重に陥り、言語遊戯を主とした面白味のないものになっていった。

そのことに閉塞感を感じた芭蕉は、西山宗因《にしやまそういん》を中心として盛行していた俳諧の「**談《だん》林《りん》派**」に惹《ひ》かれたんだ。

談林派の俳諧は、庶民の生活感情や風俗に根差した着想と、軽妙洒脱《しゃだつ》な言い回しを特徴としていた。若き芭蕉は「これだ!!」と飛びついた。

俳風を模索する20代の芭蕉

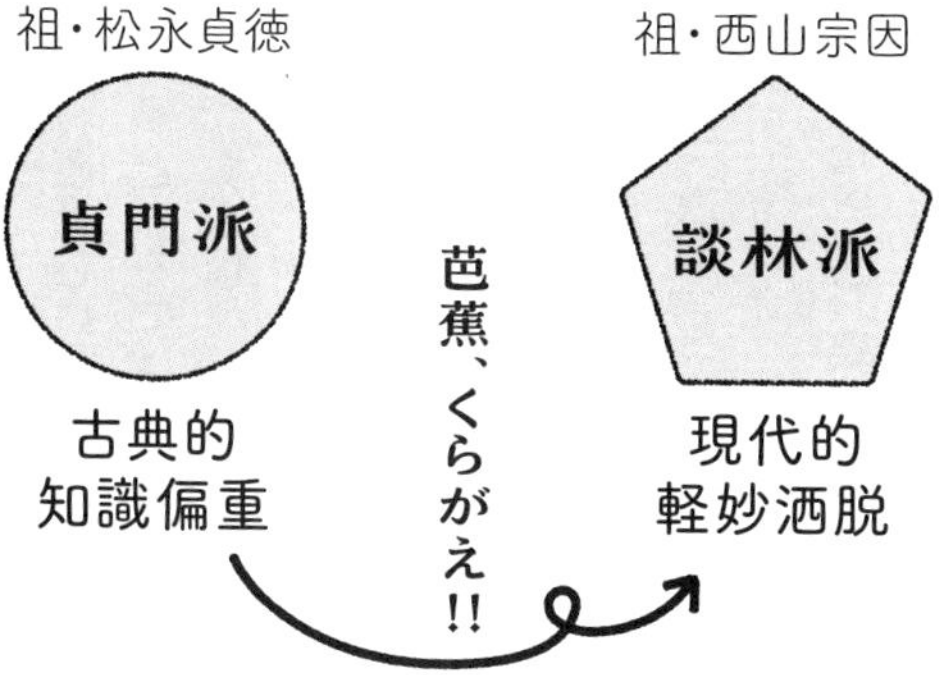

糸桜《いとざくら》　こやかへるさの　足もつれ

訳 糸桜の花見をして帰ろうとしたら、これはまあ、なんとしたことか、足がもつれるさ。

一読してわかる「軽さ」。ただし軽すぎかも!?　足がもつれるのは「糸」のせいなのか、「花見酒」のせいなのかと掛け、当時流行った「こや」とか「さ」という拍子を利かせた口調をとり入れた表現で、ノリのよい談林風の句になっている。

古典的な貞門派か、それとも現代的な談林派か!?

……クラシックかロックか、みたいな感じの選択肢だけど、その選択に迷っている最中だった芭蕉に、良忠の急死という悲劇が襲いかかる。その時、芭蕉はまだ二十三歳。兄のように慕っていた主人と仕事を一気に失ってしまった芭蕉は途方に暮れた。

芭蕉は良忠の遺骨を高野山《こうやさん》に納めると、杳《よう》として行方が知れなくなる。

普通なら俳諧どころではない。次男坊とはいえ、これからどう生活の糧《かて》を得ていくか、必死に模索するしかない状況。しかし、芭蕉はこんな状況の中でも、句を作ることをやめなかった。

良忠の死から六年後の一六七二（寛文《かんぶん》十二）年、二十九歳になった芭蕉は、詠み溜めていた句を集めて処女句集『**貝おほひ**』を出し、次のように高らかに宣言した。

「**西山宗因は俳諧の中興開山なり!!**」

行方不明だった間に、**貞門派から談林派に転じた芭蕉の句**は、リズミカルで機知滑《こっ》稽《けい》味に富む作風に変化していた。

きてもみよ　甚《じん》べが羽織《はおり》　花ごろも

訳 甚兵衛《じんべえ》さんは羽織が自慢らしいが、それを着て花見に来てごらんなさい。花の美しさにかなわず、驚くことでしょうよ。

芭蕉は、菅原道真《すがわらのみちざね》を主神とする伊賀の上野天神宮《てんじんぐう》（菅原神社。伊賀市）へ『貝おほひ』を奉納し、文運を祈願した。遅咲きの芭蕉は、二十九歳で俳諧で身を立てる一大決心をして、いざ江戸へと旅立った。

松永貞徳は京に生まれ貞門派を作った。それを圧倒した西山宗因の談林派は大坂を拠点とした。ならば、私は江戸で一派を成そう!!

「桃青」と号して地歩を固めるも生活は困窮

江戸に居を構えた芭蕉は、やがて「桃青《とうせい》」と号して江戸俳壇に確かな地歩を占めるまでになった。しかし困窮した生活が続き、三十四歳となった一六七七（延宝《えんぽう》五）年には、生活費を稼ぐために神田上水の改修工事に携わったという記録が残っている。

芭蕉の出身である藤堂藩の藩祖、藤堂高虎《たかとら》は「築城三名人」※の一人で、土木技術に長じていた。その藤堂藩の武士（なんちゃって武士にすぎないけど）である芭蕉は、神田上水の改修工事に加わることになった。ただし、芭蕉は慣れない土木作業には従事せず、人足の帳簿付けのような仕事をしている（笑）。

※「築城三名人」……藤堂高虎、加藤清正《かとうきよまさ》、黒田孝高《くろだよしたか》（官兵衛《かんべえ》、如水《じょすい》）。

富商パトロンの力を借りて深川「芭蕉庵」に定住

芭蕉が俳人として世に認められ、宗匠として弟子を抱え、裕福な旦那衆《だんなしゅう》や武士を相手に俳諧で食べていける目処《めど》がついたのは、三十代後半になってのことだった。本当に遅咲きだ、いや、大器晩成といおう。でも、この時期の句を見てみると、まだまだ後世に残るような句は詠んでいない。

愚案《ぐあん》ずるに　冥途《めいど》もかくや　秋の暮

訳 不肖私の思うに、冥途（死後の世界）も形容しがたい秋の暮の寂しさのようなものだろう。

「愚案ずるに」と漢文調の持って回った言い回しをしているなど（そもそも字余りだし）、まだ面白味を狙う談林風から抜け出せていないことがわかる。

芭蕉が江戸へ出て九年目の冬、三十七歳の時に**杉山杉風**《すぎやまさんぷう》というパトロンの力を借りて、深川（江東区深川）に定住する家を見つけた。杉風は芭蕉の最古参の門人で、幕府へ魚を納める御用魚問屋を営んでいた。富商ということもあり、芭蕉を経済的に支援した。相撲《すもう》でいうところの「タニマチ」だ。

この家の庭に門人の李下《りか》が贈ってくれた芭蕉（バナナの仲間）の株を植えたところ、根づいてよく茂ったので、それからは**「芭蕉庵《あん》」**と呼ばれるようになり、俳号もそれまでの**「桃青」を「芭蕉」と改めた。**ちなみに芭蕉が自署する場合は「はせを」と平仮名で記している。

……ともかく、「俳聖芭蕉」へのスタートラインに立ったのだ!!

愚案ずる、じゃなくて、ぐぁんばれ芭蕉師匠!!

コラム　百花繚乱の元禄文化

徳川家康《とくがわいえやす》が江戸幕府を開き、大坂の陣で豊臣《とよとみ》家を滅亡させて以来、五十年以上もの長い平和な時が過ぎた。その間、上方《かみがた》（大坂・京都を中心とする畿内《きない》一円）が都市として発展し、演劇・文学・美術など、さまざまな文化が生まれてきた。

特に、**第五代将軍徳川綱吉《つなよし》の元禄時代《げんろくじだい》**（一六八八〜一七〇四年。綱吉の治世は一六八〇〜一七〇九年）に花開いた町人文化を「**元禄文化**」と呼ぶ。

元禄文化を代表する人物として、「元禄の三大作家」と称される**近松門左衛門《ちかまつもんざえもん》**と**井原西鶴《いはらさいかく》**、そして我が師、**松尾芭蕉**の名が挙げられる。

近松の「**（人形）浄瑠璃《じょうるり》**」は、大きくは時代物と世話物《せわもの》とに分けられるんだけど、時代劇に当たる時代物のほうが人気だった。当時はお上《かみ》の目が光っていたので、わざと古い時代の事件を取り上げ、劇に仮託して現在の事件や政治を風刺するなどの工夫をしていた。一方、当時の世相風俗や町人社会の義理人情を描いた世話物のほうは、それほど人気が出なかった。

元禄文化とは?

第5代将軍徳川綱吉の治世

当時の文化の特徴

上方を中心とした、百花繚乱の華やかな町人文化

元禄の三大作家

- **近松門左衛門**…浄瑠璃
- **井原西鶴**…浮世草子
- **松尾芭蕉**…俳諧

西鶴は俳諧師として名を成したのち、「町人の町人による町人のための小説」である**浮世草子**《うきよぞうし》を書いて一世を風靡した。

幕府が重んじた「儒学《じゅがく》（儒教）」の価値観では罪悪視されていた人間の愛欲や金銭への執着心を、赤裸々かつ肯定的に描いたんだから受けないわけがない。多才な西鶴は、浮世草子以外にも一昼夜（あるいは一定時間内）にどれほど句を作れるかを競う「**矢数俳諧**《やかず》」を創始し、最高記録として二万三千五百もの句を詠んだり（んなアホな!!）、浄瑠璃の脚本を書いたりするなど活躍した。折り紙も得意だったというんだからマルチもマルチだ。

歌舞伎では、初代市川團十郎《いちかわだんじゅうろう》や初代坂《さか》

田藤十郎《たとうじゅうろう》などの役者が人気を集め、京や大坂の町には芝居小屋が立ち並んだ。絵画では、琳派《りんぱ》※を継承発展させた尾形光琳《おがたこうりん》が、背景に金箔をふんだんに使用した斬新で大胆な構図の屏風絵を描くなど、名高い絵師が次々と現れた。

こうした華やかで百花繚乱《ひゃっかりょうらん》の「元禄文化」の中、芭蕉はそれに背を向けるように上方を離れて江戸へ向かい、**「わび・さび（侘び・寂）」**から**「しほり・ほそみ・かるみ（撓り・細み・軽み）」**という枯淡《こたん》の境地を求めるようになる。

我が師は生涯貧乏だったけど、芸術を極めんとした崇高《すうこう》で立派な方だったのだ!!

※「琳派」……江戸時代初期の俵屋宗達《たわらやそうたつ》・本阿弥光悦《ほんあみこうえつ》によって始められ、約百年後の尾形光琳《おがたこうりん》・乾《けん》山《ざん》兄弟がその作風を継承発展させた。さらにその約百年後、酒井抱一《さかいほういつ》・鈴木其一《すずききいつ》らによって人気が定着した。斬新なデザイン性が特徴。琳派は、狩野《かのう》派や土佐《とさ》派などのように、家元に入門し師弟関係によって流派を維持発展させていくものではなく、あくまでも私淑《ししゅく》によって、その芸術性を深化発展させた特異な流派。

西行との出会いで「人生は旅」と思い定める

芭蕉庵に住みはじめた芭蕉は、門人たちに**「点者《てんじゃ》※をすべきよりは乞食《こつじき》をせよ」**と言うようになり、世間の名利よりも、風雅の道を求める姿勢を打ち出したんだ。

時は「元禄」。華やかな町人文化が真っ盛り。また、みかん船で巨利を得て莫大な財を成した紀伊国屋文左衛門《きのくにやぶんざえもん》が芭蕉庵の近くに居を構え、贅沢三昧《ぜいたくざんまい》の生活をして「紀《き》文大尽《ぶんだいじん》」といわれていた（個人的にはウラヤマシー）。

しかし、そんな元禄時代にあって、芭蕉の想いは別にあった。

夫《そ》れ天地《てんち》は万物《ばんぶつ》の逆旅《げきりよ》にして、光陰《こういん》は百代《はくたい》の過客《かかく》なり。而して浮生《ふせい》は夢の若《ごと》し、歓《よろこび》を為《な》すこと幾何《いくばく》ぞ。

訳 そもそも天地は万物を宿す一時の宿であり、月日の流れは永遠の旅人のようなものだ。そして、はかない人生は夢のように短いもので、楽しみをなすこともどれほどの時間があろうか、いや、そんなに時間はない。

この李白《りはく》（唐代の詩人）の詩文を読んだ時、芭蕉は強い衝撃を覚え、人生の真の意味を摑《つか》みたいという衝動にかられた。

「万物は流転《るてん》し、この世は諸行無常。残りの人生でいったい私に何ができるというのだろう!? 確かに俳諧人口は増え続けているが、それにともなって斬新さは失われ、陳腐な句が横行している。私と同じ談林派の俳諧師だった井原西鶴は、俳諧に見切りをつけて浮世草子作家に転向した。このままでよいはずがない……」

芭蕉は忸怩《じくじ》たる思いに駆られた。

連句の点をつけて点料を得たり、連句興行の座に出て出座料をもらったりする日々……確かに生活は安定しているが、これでは旦那衆のご機嫌をとる太鼓持《たいこも》ち（幇間《ほうかん》）と変わらないではないか。人生五十年の時代、自分の老い先も短い。虚名を捨て、俳諧の道を極めるべきではないか、という思いが募ってきた（以上、ボクの推測）。

そんな折に読んだ、この李白の詩文は、伊賀から江戸へ出てきた時の初心を思い出させ、**忘れかけていた芭蕉の詩魂に再び火をつけた。**

また、一六八二（天和《てんな》二）年の年末に起きた「天和の大火」で住んでいた芭蕉庵が類焼したことも大きかった。のちに芭蕉庵は再建されたが、命からがら生き延びた芭蕉の心に無常観が芽生えた。

さらに決定的だったのは、**西行法師《さいぎょうほうし》**（一一一八〜一一九〇）との出会いだった。芭蕉は西行の歌を読んで感動し、生涯敬慕するに至ったんだ。

心なき 身にもあはれは 知られけり 鴫立《しぎた》つ沢の 秋の夕暮れ

訳 情趣を理解しない私のような身であっても、しみじみとした趣《おもむき》が自然と感じられるものだなあ。鴫が飛び立つ沢の夕暮れには。

西行の歌の中でも、芭蕉が特に好んだ歌だ。

そこに高い詩魂と芸術性を見出した芭蕉は、彼我《ひが》の差に愕然《がくぜん》とした。

言葉の面白味を追求しているだけでは俳諧に未来はない。そう確信した芭蕉は、言外の余情を重んじる作風に転じた。**「俳聖」への第一歩を踏み出した芭蕉**だった。

※「点者」……連歌・俳諧などで、優劣を判じて評点をつける人。判者。

漂泊の遊行聖に倣い『野ざらし紀行』の旅へ

「漂泊の遊行聖《ゆぎようひじり》」と呼ばれた西行を慕う芭蕉にとって、残りの人生は旅の連続だった。

「四十にして惑わず」ではなく、芭蕉の場合は「四十にして旅立つ」だね。

まず、一六八四（貞享《じようきよう》元）年、芭蕉は『**野ざらし紀行**』の旅に出た。冒頭で詠んだ句がある。

野ざらしを　心に風の　しむ身哉《かな》

訳 旅の途中で野たれ死にするかもしれない。その覚悟で旅に出ようとすると、折からの秋風がことさら身にしみる思いがする。

芭蕉にとって初めての俳諧行脚《あんぎゃ》となるこの旅にかける思いは、並々ならぬものがあった。**旅を通じて人生の真実を見、それを句として昇華したいという命がけの覚悟を**物語っている句だ。

一六八四年八月、門人苗村千里《なえむらちり》を伴って初の文学的な旅『野ざらし紀行』に出た芭蕉は、まず東海道を上って伊勢《いせ》路に入り、伊勢神宮に参拝した。続いて故郷の伊賀上野で兄と再会し、母の墓参をしたあと、千里と別れて奈良や大垣《おおがき》（岐阜県）、そして名古屋と回って伊賀上野に帰郷し、越年した。

次の年、奈良の東大寺を見たあと、大津（滋賀県）・名古屋を通って今度は木曾の馬籠《まごめ》（二〇〇四年までは長野県。現在は岐阜県）や塩尻（長野県）・甲府を通り、※一六八五年四月に江戸へ帰るまで、実に八カ月以上に及ぶ大旅行をした。

しかし、その旅は大半が東海道経由のもので、当時としては便もよく、俳席を重ねながらの、いわば名士の旅だった。

芭蕉の中では不完全燃焼の旅。

「こんな旅では畢生《ひっせい》の句など詠めるはずがない」……どこまでもストイックな芭蕉師匠、尊敬いたします!!

※「木曾の馬籠や塩尻・甲府を通り」……帰路に関しては、名古屋を出たあと往路とは逆に東海道を下り、途中で甲斐《かい》の谷村《やむら》（現・山梨県都留《つる》市）に立ち寄って一路江戸に向かったという説もある。

❖「古池や」——芭蕉が〝覚醒〟した決定的名句

一六八六（貞享三）年頃、四十歳を越えていた芭蕉は次の句を詠んだ。

古池や　蛙《かわず》飛びこむ　水の音

芭蕉の句の中でも、最も人口《じんこう》に膾炙《かいしや》したこの句を口語訳するのは野暮というものだろう。

初句は、「古池や　蛙飛ンだる　水の音」だった。「飛ンだる」という軽妙さを感じさせる表現は、談林派だった芭蕉としては自然なものだったんだけど、それを推敲《すいこう》して「飛びこむ」と変えたところに談林派を卒業した芭蕉の姿が見て取れる。

また、古来「蛙」が歌に取り上げられる場合、その鳴き声を詠むのが常識だったのに、この句では「飛ぶ蛙」を詠んだところに芭蕉の新着想があった。

しかもこの句は、たんに「現実に蛙が飛び込む姿」を描写した写実的なものに思えるが、その実、読む人の心の中に**心象風景を映し出す句**になっている。

蛙が古池に飛び込むことで聞こえる水の音は、まさに静寂を破る音……「静と動」の両方を際立たせる、永遠の一瞬をとらえた詩情溢れる**決定的名句**といえる。

芭蕉自身、この句を自信作だと自負していたけど、それ以上に門人の各務支考《かがみしこう》が『俳諧十論』の中で、「さびしき風情をその中に含める風雅の余情」があるとして、「さび」の境地の名句だと論じたことで有名になった。

「俳聖」たる芭蕉の名句の一つとして、ボクも間違いなく認定!!

「浮雲無住」——みちのくへの旅を決意

しにもせぬ　旅寝の果《はて》よ　秋の暮

『野ざらし紀行』の途中、大垣にたどり着いた際に芭蕉が詠んだ句だ。「やれやれ旅は疲れるが、死ぬわけではないな」という安堵感に浸る芭蕉。

しかし、こんな旅では芭蕉の目指す詩魂を満たすものにはならない。もっとヒリヒリする旅でなければ……そう考えた四十四歳の芭蕉は、二年経った一六八七（貞享四）年には、**『鹿島《かしま》紀行（鹿島詣《もうで》）』『笈《おい》の小文《こぶみ》』『更科《さらしな》紀行』**と、その年の多くを旅に暮らした。

旅人と　我名《わがな》よばれん　初しぐれ

『笈の小文』の旅の出立《しゆつたつ》にあたって芭蕉が残した句だ。

自らを「『旅人』という名で呼ばれたい」と思った芭蕉は、人生最大の旅、しかも当時としては情報の少ない「みちのく」（東北地方）への旅を決意する。

みちのくは世話になることのできる弟子も少なく、どんな苦労が待ち受けているかわからない。未知の世界への冒険であり、まさに命がけの旅。**「浮雲無住《ふうんむじゆう》」の中にこそ俳諧の、いや、人生の真理がある。**芭蕉はそれを摑み取ろうとした。

時に芭蕉四十六歳、すでに若くはない。

なぜ曾良は『おくのほそ道』の同行者に選ばれたか

芭蕉は、それまでの旅にいつも誰かを同道していた。『野ざらし紀行』では千里、『鹿島紀行』ではボクこと曾良と禅寺の住職をしていた宗波《そうは》、『笈の小文』では坪井杜国《つぼいとこく》、『更科紀行』では越智越人《おちえつじん》（十蔵《じゅうぞう》）と、気の置けない門人や友人たちを伴っている。

彼らは芭蕉のために宿や馬の手配などをし、また路銀（旅費）のやりくりや急な病などの長旅にともなう諸問題にも対応した。芭蕉としても同行者がいたほうが、なにかと心強かったはずだ。

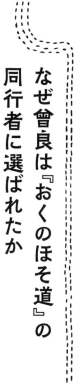

人生最大の未知の旅となる『おくのほそ道』に誰を同行するか!? 気配りができて半年ぐらいは家を空けてもいい人物となると、そうそういないものだ。

最初に白羽の矢が立ったのは**八十村路通**《やそむらろつう》という人物だった。ところが、多くの門人たちは猛反対。というのも、路通は芭蕉と出会った時は施しで生活をしており、芭蕉に認められて門人となったのちも長年の放縦《ほうじゅう》な生活の癖が抜けず、皆から敬遠されていたからなんだ。

森川許六《もりかわきょりく》（242ページ参照）は、「路通の性格は不実軽薄」だと断じ、向井去来《むかいきょらい》（242ページ参照）は、芭蕉が書き捨てた反故《ほご》を路通が拾い、それを売り歩いているのを知って怒った。

そのあたり、本人も自覚していたようで、

いねいねと　人に言われつ　年の暮　（路通）

「いねいね（＝去れ、去れ）」と、まるで野良犬を追い払うように、皆から嫌悪される様子を自虐的に詠んでいる。

門人たちの猛反対もあり、路通を諦めた芭蕉は、ボクこと**曾良を同行者にすることに決めた**んだ。なにせボクはすでに『鹿島紀行』の折にも随伴して経験を積んでいたし、コースの下調べや資料収集などもお手の物。「任せてちょ～だい」ってところだ。

筆まめなボクが書きとめた『**曾良随行日記**』が発見されて（131ページ参照）、『おくのほそ道』が事実だけを書いたものではなく、多分に芭蕉が手を加えた虚構の作品であることが明らかになった、というオマケがついちゃったのはご愛敬。まあこのあたりは、あとで具体的に述べていくのでお楽しみに!!

✿芭蕉と曾良――「断金の交わり」

『おくのほそ道』で芭蕉の同行人として有名なボク（曾良）は、一六四九（慶安《けいあん》二）年、信濃国《しなののくに》高島城下の下桑原村《しもくわばら》（現・長野県諏訪《すわ》市）で生まれた。芭蕉の五歳年下だ。本名は岩波庄《いわなみしょう》右衛門《えもん》正字《まさたか》、通称、河合惣五郎《かわいそうごろう》といった。

幼くして両親を亡くしたボクは住職のもとで育ち、長島藩（現・三重県桑名市）の藩主に仕えたあと、江戸に下って吉川惟足《よしかわこれたり》に神道《しんとう》を学んだ。けっこう学識豊かなのだ。

三十七歳の頃、芭蕉に入門して深川の芭蕉庵近くに住み、お互いに行き来していた。

芭蕉が書いた「雪投げ」という文章にボクが初登場する。

私が食事の用意をする時には、かまどに柴を折りくべてくれ、夜分に湯を沸かして茶を飲もうとする時には、水瓶の氷を割って水を汲んでくれる。引き籠《こも》って静かに暮らすことを好む性質の人で、二人の友情の固いことは、「断金《だんきん》の交わり」という言葉の通りだ。

「断金の交わり」というのは、友人同士が心を一つにして当たれば、硬い金属をも断ち切れるという意味で、きわめて親密な交際や友情関係をいう。

ある雪の降った晩にボクが芭蕉庵を訪ねた時、芭蕉が一句詠んでくれた。

きみ火をたけ　よき物見せむ　雪まるげ

訳 君は火を焚いて湯を沸かしてくれ。私がいいものを作って見せてあげよう。それは積もっている雪で作った雪だるまさ。

仲のよい子供同士のような感じに読めないかな？

ボクは『鹿島紀行』や『おくのほそ道』の旅において芭蕉の忠実な弟子として随伴

した。学識が深かったボクは（エッヘン!!）芭蕉の旅する先々の名所旧跡や歌枕※などについての情報を事前に仕入れ、芭蕉の旅をサポートしたんだ。

ただ、残念ながらボクは俳人としての才能には恵まれていなかった。杉山杉風が手紙の中で、**「曾良は記憶力はよいのですが、文章となるとさっぱりです。不思議なことでございます」**と書いている。アチャー、痛いけど的を射ているな。

ボクの詠んだ句を見直してみると、確かに杉風の言う通りだと思う。

春に我　乞食やめても　つくしかな　（曾良）

訳 この春、私は土筆《つくし》を採り食べるような貧しい生活をやめて筑紫《つくし》に行くことができる。

「土筆」と「筑紫」（九州北部）との掛詞《かけことば》、というかダジャレ（笑）……。

『おくのほそ道』から五年経って芭蕉が亡くなると、ボクは世をはかなんでしばらく姿を消し、この句のような貧乏暮らしをしていた。やがて六代将軍家宣《いえのぶ》の命により、幕府の巡見使《じゅんけんし》の随員となって九州を回ることになった。巡見使というのは、全国の施政・民情の査察をする役目だ。その後、再びボクは無一文となって山中の洞窟に住んだ。これも師の芭蕉の生き方に影響されたところがあるのかな。

ある時、旧友が山深いボクの住処《すみか》を訪ねてきてくれたことがあった。

ボクは久しぶりに友人と話せる喜びから、渓《たに》にある奇峰奇岩を指差しながら、「よく見ておきなされ。あの石は宝石《たからいし》、本社のうしろは地蔵岳《じぞうだけ》、薬師岳《やくし》、天狗岳《てんぐ》、山伏岳《やまぶし》、鎧《よろい》岳……」と元気な声で教えてあげた。

それを聞いた友人が驚いた様子でボクに長寿の秘訣を尋ねてきたので、「無欲、独身さ」と答えておいた。そのあと友人がボクに別れを告げて山から下りていく時、ちょっと驚かしてやろうと思って慣れた道を軽々走って山中に消えたんだ。

その様子を友人はこう書き残している。

「曾良は着物を羽衣《はごろも》のように翻《ひるがえ》して飛ぶように山中に姿を消した……まさに仙人がごとし」（『伊香保道之記《いかおみちのき》』）

※「歌枕」……古来、和歌に多く詠み込まれる名所や旧跡。それぞれの歌枕には、連想される言葉や事物、感情などがあり、和歌の表現に広がりと豊かさを与えるため古来詠み込まれてきた。

❀「旅立ち」は西行の五百回忌の年

芭蕉は『おくのほそ道』への旅を一六八九（元禄二）年に実行したかった。というのも、その年は、芭蕉の憧れの人、**西行の五百回忌**に当たる年だったからだ。

西行は若い頃、鳥羽《とば》院に仕える武士だったけど、二十三歳の時に出家し、聖《ひじり》の生活に入った人だ。文武に秀で、将来を嘱望《しょくぼう》されていた西行が突然出家した理由は、友人の急死説、大失恋説など色々だけど、いまだに真相はわかっていない。

西行は出家すると京の諸所に草庵《そうあん》を結び、三十歳頃に陸奥《むつ》（現・福島県・宮城県・岩手県・青森県・秋田県の一部）の歌枕に憧れて旅に出て、その後は生涯旅を続けた。

都にて　月をあはれと　思ひしは　数にもあらぬ　すさびなりけり

訳 都で月を情趣あるものと思っていたのは取るに足らない慰みごとでしかなかったなぁ。

「百聞は一見に如かず」、見ると聞くでは大違い、都から遠く離れた地で月を眺めてみると、初めて心にしみる思いがしてくるのを実感する西行。

西行にまつわる伝説は全国各地に散在していて、「旅する歌人」として共感を呼び、『新古今和歌集《しんこきんわかしゅう》』には最多の九十四首が入撰するなど、生前から名声を得ていた。

願はくは 花の下にて 春死なむ そのきさらぎの 望月《もちづき》のころ

訳 私の願うことは、満開の桜の下で春に死にたいものだ。それも釈迦《しゃか》が入滅《にゅうめつ》したとされている陰暦の二月十五日の満月の頃に。

西行はこの歌の通り、一一九〇（文治《ぶんじ》六）年二月十六日（「きさらぎの望月」の次の日）に亡くなった。享年七十三（忌日は、この歌や釈尊涅槃《しゃくそんねはん》の日にちなんで二月十五日）。かっこよすぎる最期《さいご》だ。世俗を捨てて出家し、歌道に邁進《まいしん》した西行の姿に、芭蕉は大いに共感し尊敬した。『野ざらし紀行』で吉野（奈良県）にある西行庵跡を訪れた時、そこに流れる清水を見て、「昔と変わらず流れているに違いない!! とても尊いことだ」と感動する芭蕉の姿は、推《お》しを前にしたファンのようでほほえましい。

芭蕉は、念願通り西行五百回忌の年に『おくのほそ道』の旅に出ることにした。

1章

『おくのほそ道』への旅立ち

――江戸を出立、日光・黒羽から聖地巡礼スタート！

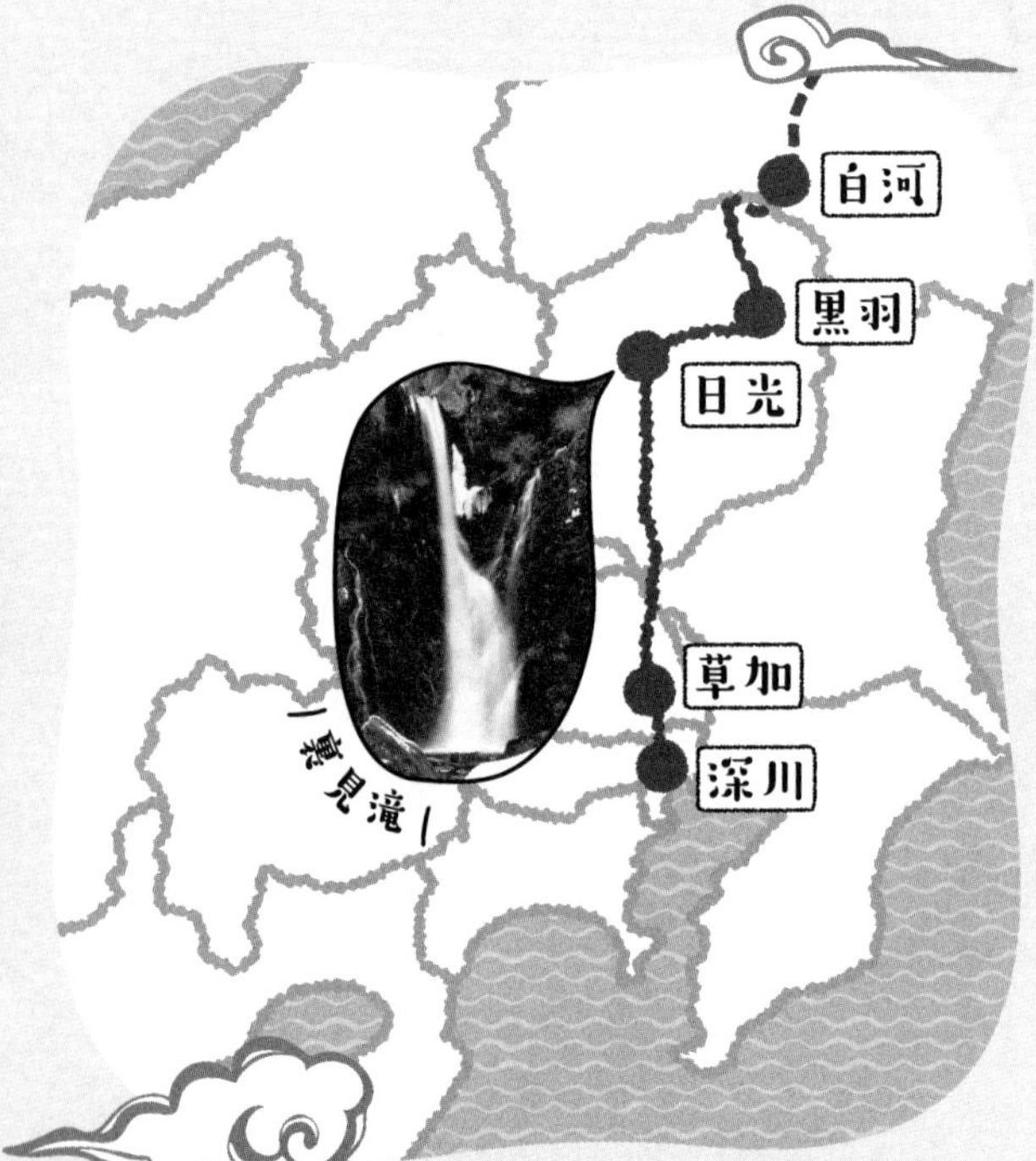

1689(元禄 2)年 3 月下旬、芭蕉は曾良とともに江戸を出立して憧れの地、みちのく(東北地方)への旅に出た。重い荷物を背負いながらも、日光東照宮、那須野が原と順調に進み、黒羽の地では13泊もして英気を養った。西行ゆかりの遊行柳を見たあと、いよいよみちのくの入口、白河の関を目前にして興奮する芭蕉だった。

この世は生々流転、人生は旅である

『おくのほそ道』の冒頭は超名文だ。

月日は百代《はくたい》の過客《かかく》にして、行《ゆき》かふ年も又《また》旅人也《なり》。舟の上に生涯をうかべ、馬の口とらへて老《おい》をむかふるものは、日々旅にして旅を栖《すみか》とす。古人《こじん》も多く旅に死せるあり。

訳 月日は永遠の旅人であり、年々歳々過ぎ行く年もまた同じように旅人である。舟の上に生涯を浮かべる船頭、馬の轡《くつわ》を取って老いを迎える馬子《まご》は日々旅の中にいるのであり、旅そのものを住まいとするのだ。西行《さいぎょう》、能因《のういん》など、風雅の道の古人たちも旅の途上で亡くなった人は多い。

この世は生々流転《せいせいるてん》、人生は旅であり、その途上で死ぬことすら厭《いと》わない……芭蕉の風雅の道への熱い想いがひしひしと感じられる文章だ。人生最大の旅に出ることを決意した芭蕉は、住んでいた芭蕉庵をさっさと売り払い、門人でありタニマチである杉《すぎ》山杉風《やまさんぷう》の別宅に移った。そして『おくのほそ道』の記念すべき最初の句を詠み上げた。

『おくのほそ道』俳諧①

草の戸も住替《すみか》はる代《よ》ぞ雛《ひな》の家

季語
雛（春）

訳 わびしい我が草庵《そうあん》も、私に代わって新しい住人が住み、その娘のために雛人形が飾られるような華やかな家になるのだろう。

「雛」は雛人形のこと。三月三日の「桃の節句」（ひなまつり）に、女の子の健やかな成長を願って飾られる。芭蕉の草庵に次に住むのは女の子がいる家族らしい。

「桃の節句には雛人形が飾られて賑《にぎ》やかになるだろう。一方、私は曾良《そら》とともに漂泊の旅へと踏み出すのだ……」。期待半分、不安半分の芭蕉の様子が目に浮かぶようだ。

芭蕉庵を出るにあたって、芭蕉は**「面《おもて》八句」**を庵《いおり》の柱に掛け置いた。連句（俳諧の連歌）の際に懐紙《かいし》を二つに折ってまずは八句記すという決まりがあり、その八句を記したものを「面八句」という。その最初の句が「草の戸も」だった。

江戸時代はまだ**連句**が盛んな時代だった。「五・七・五」で始まる長句と「七・七」の短句を交互に付け、それを数人で合作して合計百句にしていくことを「百韻《ひゃくいん》※」という。

その第一ページ目の八句を書いて柱に掛けておけば、芭蕉が住んでいないことを知らない人が訪ねてきても、「この八句のあとを続けて詠んでほしい」という旅立ちの挨拶だとわかる仕組みだ。

ちなみに**連句の最初の一句（五・七・五）を発句《ほっく》（立句《たてく》・竪句《たてく》）と呼ぶ**んだけど、それは短歌の上《かみ》の句と違って、完結した意味を表現しなければならなかった。また、必

連歌のルール

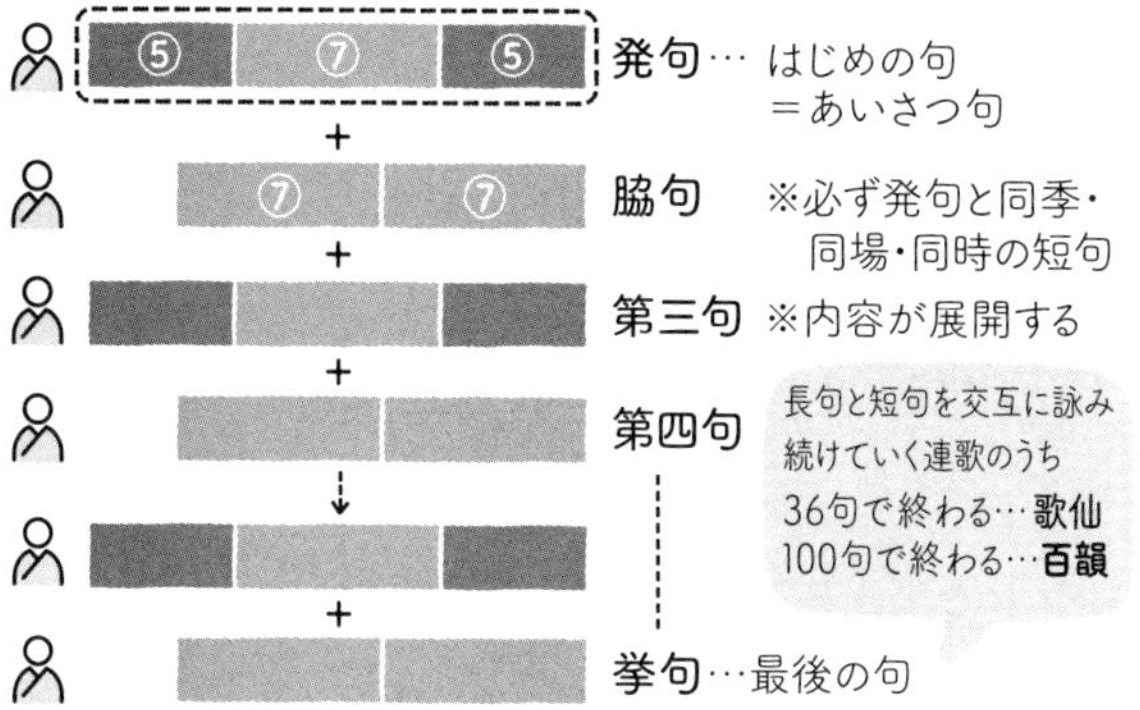

ず季語を詠み込み、切れ字（267ページ参照）を用いることが要請された。

逆に、連句の最後の句を**挙句**《あげく》（揚句）と呼ぶ。「最後の最後には」という意味の「挙句の果て」という言葉は、ここからきているんだ。

発句が独立した一つの句だと意識して詠まれるようになると、発句は「俳句」※と称されるようになり、俳諧文学の主流を占めるようになっていった。

※「百韻」……上図参照。

※「俳句」……「五・七・五」の十七音節の一句が独立した作品として「俳句」と呼ばれるようになったのは明治時代以降で、正岡子規《まさおかしき》などが

一般的な用語として普及させたといわれている。

❀「行く春や」――前途三千里の旅の第一歩

タニマチの杉風が提供してくれた別宅に移った芭蕉のもとに、別れを惜しむ門人たちが連日のように集まり、酒宴が開かれた。それはそれは楽しい宴《うたげ》だった。

でも、それもいよいよ終わりを告げ、**一六八九（元禄《げんろく》二）年の三月二十七日（陽暦五月十六日）**の早朝、芭蕉とボクは江戸を出立《しゅったつ》した。全道程およそ二千四百キロメートル、約五カ月間にも及ぶ『おくのほそ道』の旅のスタートだ!!

親しい人々が皆、前夜から集い、一緒に舟に乗って見送ってくれる。千住《せんじゅ》（足立区千住）というところで舟から上がると、前途三千里の長旅への感慨で胸いっぱいになり、現世は夢幻と思うものの、今さらながら離別の涙を流す。

『おくのほそ道』俳諧②

行《ゆ》く春や鳥啼《な》き魚《うお》の目は泪《なみだ》

訳 春は過ぎ去ろうとしている。私も親しい人たちと別れ、住み慣れた土地を発《た》とうとしている。その名残惜しい気持ちを、心はないはずの鳥や魚まで感ずるとみえ、鳥は悲しげに啼き、魚の目は泪で溢れているように見える。

季語
行く春（春）

人生は無常で、日々旅に暮らすものだと覚悟はしていたものの、いざ本当に親しい人たちとの別れともなれば涙もこぼれてくるものだ……**去り行く春に対する哀感と、出立にともなう離別の名残惜しさとを二重に写し取った名句**だ。

ここで、芭蕉が「なく」を「啼」、「なみだ」を「泪」という漢字にしたことが一層この句を名句たらしめている。

鳥が「なく」場合、一般的には「鳴」の字を使うけど、「声を出して泣く」の意の場合「啼」を使うことが多い。「啼泣《ていきゅう》」などと使われる。また、「泪」も「涙」のほうが一般的だ。でも、「泪」は「水＋目」という二つの意味を合成して作られた会意《かいい》文字だから、目から溢れ出る「なみだ」を想像させる力は「泪」のほうが強い。

安土桃山《あづちももやま》文化を代表する茶人、千利休《せんのりきゅう》（一五二二〜一五九一）が豊臣秀吉《とよとみひでよし》（一五三七〜一五九八）から切腹を命じられた時、死に臨む利休が弟子に渡した茶杓《ちゃしゃく》（茶さじ）の名前がまさにこの「泪」の一字だったという。利休の無念を思わずにはいられない。

さらに言えば、「目**に**泪」ではなく、「目**は**泪」という表現が効いている。

そもそも魚は泣かないのでここは擬人法だけど、うるんでいる魚の目と泪を「は」とイコールで結んだ（目＝泪）ところに離別の悲しみを強く喚起させられて感動する。

「目に泪」では弱い。「目は泪」だから、体言止めになっていても余情がある。

旅行記を書き始めることを「矢立《やたて》初め」※と呼び、**『おくのほそ道』の矢立初めの句が「行く春や」**だった（ちなみに最後の句が何なのかはお楽しみに！）。

芭蕉はこの句をもって、「前途三千里」の旅の第一歩を踏み出した。

芭蕉は親しい人たちと一緒に舟に乗り、深川から隅田川《すみだがわ》を遡《さかのぼ》って千住に着いた。千住は多くの乗降客で賑わい、各地の船頭が集まって話に花を咲かせていた。千住は江戸時代、日光道中の最初の宿場町だった。

千住大橋のたもとに上陸した芭蕉は、見送りの弟子たちとも別れて、いよいよ日光道中をボクとともに歩くことになる。

※「矢立」……筆と墨壺を組み合わせた携帯用筆記用具。

『曾良随行日記』に嘘は書けない

『おくのほそ道』で芭蕉の書いた文章を読むかぎりでは、千住を出たあと、日光道中二番目の宿場の草加《そうか》（埼玉県草加市）まで歩き、初日はそこに泊まったかのように思われるけど、ボクの『**曾良随行日記**』に嘘は書けない。「二十七日夜粕壁《かすかべ》に泊る」と書いてあるのが事実だ。「粕壁」とは今の埼玉県春日部《かすかべ》市のことで、千住から草加までが約九・五キロメートルなのに対して、千住から粕壁までだと約二十八・二キロメートルもの距離がある。

本当のところ、芭蕉は粕壁まで歩いてへとへとになった。そこは嘘をつけなかったようでこう書いている。

もし生きて帰ることができたならば幸せではあるまいかと、あてもない望みをつないで歩き続け、その日は草加という宿駅（宿場）にたどり着いた。痩せて骨ばった肩にかかる荷物の重さにまず苦しんだ。

東国の歌枕「けぶりたつ室の八島」

日光東照宮《とうしょうぐう》を目指して日光道中を進む芭蕉は、途中分岐し壬生道《みぶみち》へと入って**室《むろ》の八《や》**

島《しま》を訪れた。室の八島は平安時代以来、東国《とうごく》の歌枕として都まで聞こえた名所で、栃木市にある大神神社《おおみわ》の境内《けいだい》にある。

この大神神社は、日本最古の神社といわれる大和国《やまとのくに》の大神神社（奈良県桜井市）の分霊を勧請《かんじょう》して創建したと伝えられている。その境内の池に八つの小島があり、木花《このはな》開耶《さくや》姫《ひめ》の出産にまつわる神話が伝わっていた。

「木花開耶姫は不貞の疑惑を晴らすために、四方が壁で固められた出入口のない無戸《う》室《むろ》に入って自ら火を放ち、炎の中で彦火々出見尊《ひこほほでみのみこと》（火遠理命《ほおりのみこと》＝山幸彦《やまさちひこ》）を産んだ」というものだ。

以上のことから**「けぶりたつ室の八島」**と呼ばれるようになり、東国の歌枕として古来多くの歌人が歌に詠み込んだ。そんな話を聞いた芭蕉も次の句を詠んだ。

糸遊《いとゆう》に　結びつきたる　煙哉《けぶりかな》

訳 陽炎《かげろう》と結びついて煙が立ち昇っているように見える。※「糸」と「結ぶ」が縁語。

春の季語である「糸遊」とは「陽炎」のことで、陽炎と煙が相まって立ち昇っていく様子を句にしたものの、芭蕉はこの句を『おくのほそ道』に入れなかった。

どうやら思い描いていた「室の八島」と実際の景色とが違って（池の水が涸《か》れていて）がっかりしたうえに、**句の出来に納得がいかなかった**ようだ。

「乞食僧の境涯こそ尊い！」大見得を切ったものの――

日光道中に戻って歩を進めた芭蕉は、「三月三十日、日光山の麓《ふもと》に泊まった」と記しているけど、**また嘘をついている（笑）**。

実際は四月一日に日光に着き、東照宮を見たあとに五左衛門《ござえもん》（彼は、世間では自分のことを「仏の五左衛門」と呼んでいる、と自己紹介している）という人の家に泊まっている。芭蕉が順序を逆にしているのは、お世話になった人に対する感謝の気持ちを表すことを優先したからのようだ。

芭蕉はそんなにお金持ちではなかったので、色々なツテを頼って宿を借り、「無銭旅行」を旨とした。もちろん、そのお礼として短冊を書いたり、句会を開いて俳諧の指導をしたりしている。

『おくのほそ道』の長旅では、この**日光の五左衛門をはじめとして、十人を超える人たちに宿と食事を提供してもらっている。**しかし、なかには連絡がうまくいかず、訪れてみると肝心の主人が不在で、家人から乞食《こつじき》坊主と間違われて軽くあしらわれたりすることもあったんだよ。

だからこそ、お金のかかる旅籠《はたご》屋ではなく、タダで宿を提供してくれる「仏の五左衛門」に対して本人が言う通りの「仏」だったと敬い、そのふるまいを称賛したんだ。

「一鉢境界《いっぱつのきょうがい》、乞食の身こそたうとけれ」（＝喜捨による托鉢《たくはつ》を期待し、乞食僧の境涯で生きることこそ尊いのだ）と大見得《おおみえ》を切ったものの、風雅の道を極めるにも「先立つものは金」だ。芭蕉も人の子、お金なくして旅は続けられない。「男はつらいよ」ならぬ、「俳諧師はつらいよ」なのだ。

ちなみに『おくのほそ道』の旅、約百五十日のうち、半分以上の約八十日を知人宅に逗留《とうりゆう》させてもらっている。宿代と食事代を大幅に節約できたのだから、知人たちの顔が「仏」に見えたというのは、芭蕉の本音だとボクも思うよ。

日光東照宮——神君家康公の威光に圧倒される！

『おくのほそ道』の記述では四月一日に日光東照宮を参詣した芭蕉は、その威容を賛美している。なにせ徳川家康公が江戸幕府の守護神、東照大権現《だいごんげん》として祀られているお宮なので、悪く書けるはずがない。

芭蕉が、**「猶憚《なおはばかり》多くて筆をさし置《おき》ぬ」**と私見を差し控えたのも当然のこと。下手なことを書いたら幕府からお咎《とが》めを受けることになる。おー怖い。

一六一六（元和《げんな》二）年に七十五歳で家康が亡くなると、遺言に従ってまず久能山《くのうざん》東照宮（静岡市）に遺体を納め、一周忌が過ぎてから日光東照宮に改葬されることとなった。

日光東照宮は創建当初は質素だったけど、祖父の家康を尊敬する三代将軍家光《いえみつ》が、一六三六（寛永《かんえい》十三）年の二十一回忌に向けて**「寛永《かんえい》の大造替《だいぞうたい》」**を始め、二年がかりで荘厳《そうごん》な社殿を完成させた。今のお金に換算すると四百億円とも一千億円ともいわれる莫大な資金を投じて豪華絢爛《けんらん》なものにしたんだ。

生前、贅沢を戒《いまし》めた家康としては、草葉の陰で苦々しく思ったに違いない。

✦あらたふと——日の光を家康に重ねて「よいしょ!!」

芭蕉が訪れた時、日光東照宮は大造替が終わってから五十年以上経っていたんだけど、極彩色の豪華絢爛たる陽明門《ようめいもん》（国宝!!）の前に立った芭蕉は、**神君《しんくん》家康公の御威光に圧倒された。**

陽明門には、故事逸話や子供の遊び、聖人賢人など五百以上の彫刻が施され、一日中見ていても飽きないということから「日暮御門《ひぐらしのごもん》」とも称された。そして東回廊、潜《くぐり》門《もん》の上には左甚五郎《ひだりじんごろう》作といわれる有名な「眠り猫」（国宝!!）の彫刻があった。

この眠り猫は、寝たふりをしているだけで実は起きていて、ちゃんと家康公の墓の番をしているといわれていた。しかし、眠り猫の本当の意味は、平和な世界が訪れたことの象徴だというのが定説のようだ。

眠り猫がある門の裏側に竹林で遊ぶ二羽の雀《すずめ》の彫刻があって、この雀と眠り猫との組み合わせは、「雀が舞い遊んでいても猫が捕獲することなく共存して暮らせる、つまり、猫も満腹、安心して眠れる平和な世界」を意味しているというわけだ。

あらたふと青葉若葉の日の光※

季語
青葉・若葉（夏）

訳 ああ、なんと尊いことだろう。「日光」という名の通り、青葉若葉に燦燦《さんさん》と日の光が照り映えているよ。

※芭蕉自筆本では「あなたふと」となっている。

ここで称えられている「日の光」は家康公の御威光であり、「青葉若葉」は自分を含めた天下の万民のこと。**今こうして平和で安楽に暮らしていけるのは、東照大権現様のお陰だ**という意味を込めている。

初案は、「あなたふと 木《こ》の下暗《したやみ》も 日の光」だったけど、推敲して「あらたふと 木《こ》の下闇《したやみ》も 日の光」となり、最終的には「あらたふと 青葉若葉の 日の光」となった。「木の下暗」も「木の下闇」も「暗⇒闇」だったのに対して、最終的に「青葉若葉⇒明」としたのは、まぶしいばかりの日の光を生かすためで、句全体としても成功しているし、神君家康公を褒める点（よいしょ!!）でも大成功しているね。

ただし、芭蕉が日光を訪れた日の天気は、本当は小雨が降っては止む、あいにくの曇天《どんてん》で、日の光などはまったく見られなかったのだから、**「嘘も方便」**とはこのことだ。

不思議な因縁？ 剃髪した曾良が黒髪山で詠んだ一句

実はボクこと曾良は、旅立ちにあたってその覚悟を示すために剃髪《ていはつ》し、墨染《すみぞ》めの衣《ころも》をまとったんだ。ちょうど陰暦四月一日の衣替えの日に黒髪山《くろかみやま》（日光連山の男体山《なんたいさん》）

に来合わせたことに、不思議な因縁をおぼえたボクは句を詠んだ。

剃《そ》り捨《す》てて　黒髪山に　衣更《ころもがえ》（曾良）

訳 旅に出発する時に黒髪を剃って墨染の法衣《ほうえ》に着替えたが、ちょうど衣替えの日に当たる四月一日に黒髪山を越えることになり、この旅に懸ける決意を新たにするのだった。

なかなかいい句でしょ!?　と言いたいところだけど、実はこれ、**芭蕉の代作**。ボクの覚悟に芭蕉が感動してこの句を作り、「曾良作」として『おくのほそ道』に入れてくれたんだ。芭蕉師、ありがとうございます。

歌枕「裏見滝」で気分は修行僧

日光は「日本三名瀑《さんめいばく》※」の一つである華厳滝《けごんのたき》をはじめとして、「日光四十八滝」といわれるほど滝が多いことで有名だ。なかでも「華厳滝・霧降滝《きりふりのたき》・裏見滝《うらみのたき》」は「日光三名瀑」と呼ばれていた。三名瀑中最大の華厳滝は、高さ九十七メートルの絶壁から中禅寺湖《ちゅうぜんじこ》の水が一気に落下する壮大な滝だけど、芭蕉の時代、まだ中禅寺湖や奥日光へ行く道が整備されておらず、滝に近づくことは難しかった。

そこで芭蕉は、道が整備されていて歌枕でもある**裏見滝**を見に行くことにした。

芭蕉が裏見滝を訪れたのは、日光東照宮を訪れた次の日の四月二日。雨は上がって快晴だった。崖を登ったところにある大きな岩に洞穴があって、そこに入っていくと裏から滝を見ることができた。「裏見滝」という名は、それが由来だ。

岩屋から入り込んで滝の裏から見てみると、これこそ古くから「うらみの滝」と言い伝えられるゆえんなのだ。

※「日本三名瀑」……一般的には日光の華厳滝、熊野（和歌山県東牟婁郡《ひがしむろぐん》那智勝浦町《なちかつうらちょう》）の那智滝、奥久慈《おくくじ》の袋田《ふくろだ》の滝（茨城県久慈郡大子町《だいごまち》）といわれているが、袋田の滝の代わりとして、仙台市太白区の秋保大滝《あきうおおたき》、静岡市葵《あおい》区の安倍の大滝、富山県中新川郡《なかにいかわぐん》立山町《たてやままち》の称名滝《しょうみょうだき》、岐阜県大野郡白川村の白水滝《しらみずのたき》などが挙げられる場合がある。

『おくのほそ道』俳諧④

しばらくは
滝にこもるや
夏《げ》の初め

季語
夏（夏）

訳
滝の裏の岩屋の中に入ったこの状況を、夏《げ》籠《ごも》りの修行のはじめと見立てて、
しばらくはここに籠っていようよ。

滝の裏の洞穴に籠っていると「夏のはじめ」のような気分になってきた、と詠んでいる。ここでいう「夏」は「夏籠り」（「夏安居《げあんご》」ともいう）のことで、仏教徒が陰暦の四月十六日（あるいは十五日）から七月十五日までの九十日間外出せず読経《どきよう》に専念し、写経して精神の充実をはかるものだ。

芭蕉はしばらく滝の裏の洞穴に籠り、滝のしぶきによって心身の汚れをはらい、修行僧の気分を味わったあと宿に戻ると、正午頃に日光を発った。それまで快晴だったのに午後に入ると雷雨が激しくなった。

山の天気は変わりやすい。ボクたち二人は山路を急いだ。

『韓非子』の故事になぞらえて話を創作？

四月三日（陽暦五月二十一日）の早朝、芭蕉は栃木県北部に広がる**那須野《なすの》が原**を通って**黒羽《くろばね》**（栃木県大田原《おおたわら》市）へと向かった。

那須野が原は標高百五十～五百メートル程度の緩やかに傾斜した台地で、日本でも最大級の扇状地《せんじようち》といわれている。

草茫々《ぼうぼう》の果てしない荒野が続く中、芭蕉はひたすら歩き続けた。そこに馬を貸してあげようという農夫が現れた。「地獄に仏」とはまさにこのことだ。疲れ果てていた芭蕉はその話に飛びついた。ただし条件があった。

「馬を貸してあげるから乗っていきなされ。そしてこの馬が止まったところで降りて、馬は追い返してくだされ」と言う。喜んだ芭蕉は言われるままに馬に乗り、無事に人里に出た。馬が止まると芭蕉は駄賃を鞍壺《くらつぼ》に結び付けて馬を放ち返した……ちょっと眉に唾を付けたくなるような、でき過ぎた話だね。

実はこれに似た話が『韓非子《かんぴし》』※にも出てくる。「道に迷った時、賢い老馬を放ってその跡を追えば正しい道がわかる」という故事だ。芭蕉はそれをベースにして**話を作った**ようだ。

さらに話は続く。

ボクたちが乗る馬の後ろをついてきた子供がいて、一人は女の子で名を「かさね」といった。そこでボクが一句詠んだ。

かさねとは　八重撫子《やえなでしこ》の　名なるべし　（曾良）

訳　可愛らしい女の子をよく撫子にたとえるが、その名も「かさね」とは撫子の中でも特に八重撫子を指しているようだ。

夏の季語「撫子」の花には、「撫でし子（撫でて可愛がった子）」の意が掛けられている。さらに「かさね（重）」という女の子の名前が花びらの重なった「八重撫子」を連想させるという意だ。**「座布団一枚!!」レベルの句だけど、これまた芭蕉の代作。**残念ながらボクの句ではない……（トホホ）。

実際は、農夫にお金を払って馬を借り、広い野原を馬に乗って越えただけで、それを『韓非子』に出てくる故事と結びつけてお話を作ったものだ。

ともあれ、ボクたちは難所を乗り越え、その日の夕方、黒羽の俳人翠桃《すいとう》宅にたどり着いた。いや〜、疲れた疲れた。

※『韓非子』……中国・戦国時代末期の法家《ほうか》の思想家である韓非（?〜前二三四?）の著書。

黒羽――芭蕉が最も長く逗留した地

『おくのほそ道』の旅の中で、**芭蕉が一番長く滞在したのは、現在の栃木県北東部の黒羽《くろばね》（大田原市《おおたわら》）という地区だ。**四月三日から十六日まで十三泊もしている。

黒羽に長く逗留していた理由は、歌枕や名所・旧跡が多かったということもあるけど、知り合いだった黒羽藩城代家老の浄法寺図書高勝《じょうぼうじずしょたかかつ》（俳号は**桃雪《とうせつ》**）と、その弟の鹿子畑豊明《かのこはたとよあき》（俳号は翠桃）から、ぜひ黒羽へと前々から誘われていたことが大きい。

桃雪は父鹿子畑高明に従って若い頃江戸に出向いて、弟の翠桃と一緒に芭蕉に入門して俳諧を学んでいた。芭蕉の前の俳号だった「桃青」の「桃」の字を二人とももらっているところをみると、とても親しい間柄だったのだろう。

桃雪は藩に戻って出世し、城代家老にまでなったので、みちのくへと旅する芭蕉一行を大歓迎し、厚くもてなしてくれた。その時、芭蕉四十六歳、桃雪二十九歳、翠桃二十八歳。**数年ぶりとなる師と弟子との再会に、お互い嬉し涙を流した。**

桃雪の親族一同からも大歓迎を受けた芭蕉だった。

✿伝説の呪術者・役小角に〝健脚〟を願った一句

黒羽藩は下野国那須《しもつけのくになす》郡（現・大田原市）に存在した一万八千石の外様《とざま》藩だ。昔、この地にたくさんいた鵜《う》の漆黒《しっこく》の羽の美しさから「黒羽」の地名が生まれたという。黒羽の地を流れる日本屈指の清流那珂川《なかがわ》には天然の鮎《あゆ》が多く（日本で一、二を争う漁獲量）、大歓迎を受けた芭蕉は、鮎の塩焼きに舌鼓《したつづみ》を打った（ボクもご相伴《しょうばん》にあずかった）。
芭蕉は黒羽で大いに羽を伸ばして、あちこち見物に出かけている。
まず**「犬追物《いぬおうもの》の跡」**を訪ねた。「犬追物」とは、囲いの中に放った犬を馬上から矢で射る競技で、鎌倉時代以降、武士が武技を磨くために行われたものだ。
次に訪れたのは**「玉藻前《たまものまえ》の塚」**。「玉藻前」というのは、金色の九尾《きゅうび》を持つ妖狐《ようこ》が女性に化けた時の名前で、平安時代の末、鳥羽《とば》上皇の女官《にょかん》となり、その美貌で上皇に寵愛《ちょうあい》された。やがて、陰陽師《おんみょうじ》によってその正体を見破られ、那須野が原で上総広常《かずさひろつね》軍によって討たれてしまった。

しかし、死後も「殺生石《せっしょうせき》」となって近づく人間や動物の命を奪い続けた。南北朝時代になって玄翁和尚《げんのうおしょう》がその殺生石を破壊し、破壊された殺生石は各地へと飛散したといわれる。玉藻前の執念恐るべし!!

そして**「那須与一《なすのよいち》ゆかりの金丸八幡宮《かなまるはちまんぐう》（那須神社）」**にも出かけた。

那須与一は音に聞こえた弓の名手。

時は一一八五（元暦《げんりゃく》二）年、源平合戦の「屋島《やしま》の戦い」において、海上にある平家方の船の上の的を七、八十メートルも離れたところから射ることを命じられた源氏方の那須与一は、「南無八幡大菩薩《なむはちまんだいぼさつ》。どうか的の真ん中を射当てさせ給《たま》え」と祈った。

与一が狙いを定めて矢を放つと、見事に的の扇を射抜いた。それを見た源氏方も平家方も、敵味方の別なく与一を賞賛したんだ。『平家物語』に描かれる源平合戦の中でも有名な場面の一つだ。

『おくのほそ道』俳諧⑤

夏山に足駄《あしだ》を拝む首途《かどで》かな

季語

夏山（夏）

訳 夏の山々を目指して旅立つ（道途）が、役小角《えんのおづぬ》がその峰々を踏破した時履いていたという高下駄を拝んで、次なる旅立ちの気持ちを固めるのだ。

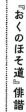

芭蕉が最後に訪れたのは光明寺《こうみょうじ》というお寺だった。光明寺は山伏《やまぶし》たちの修験《しゅげん》の寺で、ここの住職の妻は翠桃の妹だった。光明寺にある行者堂には、飛鳥《あすか》時代の伝説の呪術者で修験道《しゅげんどう》の開祖といわれる**役小角《えんのおづぬ》**（役行者《えんのぎょうじゃ》）の像が安置してあった。役小角は数々の山に登って修行し、ついに不思議な験術《げんじゅつ》を会得《えとく》したという。

役小角は一本歯の足駄《あしだ》（高下駄《たかげた》）を履いていくつもの行場を巡って修行した。これから、みちのくの険しい夏山に分け入る芭蕉は、役小角の健脚にあやかりたいと思って、行者の足駄を拝んだんだ。

この句ははじめ、「夏山や 首途を拝む 高足駄」だったけど、推敲を重ねて「夏山に」の句となった。「首途（＝旅立ち）を拝む」のではなく、「足駄を拝む」としたところに面白みがあると同時に、**健脚を願う芭蕉の必死な思い**が感じ取れる。「夏山や」ではなく「夏山に」とし、切れ字を「首途かな」と句末に置いたことも、この句を引き締めているね。

桃雪たちに大歓迎してもらったことに感謝しつつ、この黒羽の地こそが厳しい『おくのほそ道』の本当の門出《かどで》になるのだ、という芭蕉の覚悟が伝わってくる句だ。

✿「本来無一物」――禅僧の〝草庵の尊さ〟に感動

黒羽の地で、芭蕉は仏頂和尚《ぶつちょうおしょう》が山籠りをした跡を訪ねている。仏頂和尚は芭蕉庵の近くに仮住まいしていたことがあり、交流があった人物だ。芭蕉は仏頂和尚から禅を学び、「禅の師」と呼んで心から尊敬していた。その仏頂和尚が詠んだ歌がある。

竪横《たてよこ》の 五尺にたらぬ 草の庵《いお》 むすぶもくやし 雨なかりせば

訳 今住んでいるのは縦横五尺（約一メートル五十センチ）に満たない小さな草庵だが、雨が降らなかったらこの庵を結ぶことさえ必要ないのに、捨て去ることができないのは残念なことだ。

「草庵すら捨て去りたい」……芭蕉はこうした**「本来無一物《ほんらいむいちもつ》」の禅の思想に強くひかれた。**「雲巌寺《うんがんじ》※」を訪れた芭蕉は、仏頂和尚が結んでいたという草庵を探しに行き、寺の山奥の石の上に小さな庵が岩窟に寄りかかるように作ってあるのを見つけた。

話に聞く妙禅師《みょうぜんじ》の死関《しかん》や法雲《ほううん》法師の石室を目《ま》の当たりに見る思いだった。

芭蕉は眼前の仏頂和尚の草庵跡が、中国の禅僧たちのわび住まいと同じかそれ以上に粗末で小さなものだと感慨を深めた。

妙禅師（高峰原妙《こうほうげんみょう》）は中国臨済宗《りんざいしゅう》の高僧で、悟りを開いたのち鐘乳洞《しょうにゅうどう》に籠り、「死関」と書いた額を掲げてその中で十五年を過ごした。法雲法師は、晩年に切り立った巌《いわお》の上に庵を結び、終日人々に仏の教えを説いたといわれている。

芭蕉は師と尊敬する仏頂和尚が修行をしていた小さな庵を見て、妙禅師の「死関」という洞窟や法雲法師の石室を思い起こし、しみじみ尊い場所だと感じた。森閑《しんかん》とした夏木立《なつこだち》に囲まれて無事に残っている庵を見て、芭蕉は往時を偲《しの》んで感動した。そして芭蕉はここで一句を詠み、仏頂和尚の草庵の柱に掛け残した。

※「雲厳寺」……芭蕉は「雲岸寺」と記しているが、正しくは「雲巌寺」（大田原市）。『おくのほそ道』では黒羽滞在の最終日に訪ねたと記しているが、実際は到着した翌々日に訪ねている。

木啄《きつつき》も庵《いお》は破らず※夏木立《なつこだち》

訳 お寺をつつき壊してしまうといわれる啄木鳥《きつつき》も、さすがにこの庵だけはつつき壊さなかったようだ。昔ながらの庵が森閑とした夏木立の中に無事に残っていて往時を偲ばせてくれる。

※芭蕉自筆本では「庵はくらはず」となっている。

季語
夏木立（夏）

「夏木立」は夏の季語、「木啄」は秋の季語……あれれ、季語が二つも入っているけどいいのかな？　と思うかもしれない。一つの句に季語が二つ以上ある場合を**「季重なり」**という。俳聖芭蕉にして、痛恨のミスか!?

いや、ミスではない。二つ季語が入っていても、どちらの季語が主役の役割かがはっきりしている場合は季重なりでもよいとされている。この句の場合だと、主役は「夏木立」であって、「木啄」は脇役にすぎない。

「なんでもつつく木啄も、尊い仏頂和尚の草庵『は』つつくことはできなかったのだね。偉いぞ木啄くん!!」という思いが「庵は破らず」の「は」に込められている。

世話になった馬子に所望され即興で一句

大歓迎を受けて十三泊もした黒羽を発った芭蕉は、桃雪が手配してくれた馬に乗り、那須湯本温泉（栃木県那須郡那須町）にあるという「殺生石《せっしょうせき》」のところまで送ってもらった。道中、馬子《まご》の男に一句所望されたので、芭蕉は即興で短冊に一句書いて与えている。

『おくのほそ道』俳諧⑦

野《の》を横に 馬引き向けよ ほととぎす

訳 那須野を馬に乗って進んでいると道の横をホトトギスが鳴いて通り過ぎた。さあ馬を横に向けてくれ。ホトトギスの声を聞こうじゃないか。

季語 ほととぎす（夏）

ホトトギスの鳴き声が聞こえたその瞬間に馬子へ呼びかけた臨場感のある句で、「ほととぎす」と体言止めにしていることも鳴き声を際立たせている。ホトトギスは初夏（陰暦だと四月頃）に南のほうから渡ってくる渡り鳥で、夏の到来を告げる鳥として古くは『万葉集』にも詠まれている。

「殺生石」は那須湯本温泉の奥にあった。そこでは、硫化《りゅうか》水素や亜硫酸ガスなどの有毒ガスが含まれた蒸気がもうもうと立ち昇り、卵が腐ったような臭いが漂っている。『おくのほそ道』には載っていないけど、芭蕉はこの地で次の句も詠んでいる。

石の香や　夏草赤く　露あつし

訳　殺生石から出る異様なガスのために、緑のはずの夏草が赤く変色し、冷たいはずの露が熱くなっている（まだ玉藻前の妖気が漂っているのだろうか）。

西行ゆかりの「遊行柳」との交感

「殺生石」を見終わった芭蕉は、芦野《あしの》（那須郡那須町）へと向かった。芦野は芭蕉とは旧知の仲だった蘆野資俊《あしのすけとし》※の領地で、かねてから「我がふるさと芦野の遊行柳《ゆぎょうやなぎ》をぜひお見せしたいものです」と言われていたので、立ち寄ってみた。

資俊が見せたいと言った「遊行柳」とは、西行法師が、

道の辺《べ》に　清水流るる　柳かげ　しばしとてこそ　立ちどまりつれ

訳 道のほとりに清水が流れている、そのそばにある柳が涼しい木陰を作っているところに、少し休もうと立ち止まったところ、あまりにも心地がよくてつい長居をしてしまったよ。

と詠んだと伝えられる伝説の柳で、何代にもわたって植え継がれてきた。芭蕉は、かつて西行が立ち止まって歌を詠んだ柳の下に立ち、しばらく柳と交感した。

※「蘆野資俊」……蘆野氏十九代の当主で三千石程度の旗本。芭蕉の門人の一人で、俳号は「桃酔《とうすい》」。資俊が住んだ江戸藩邸の下屋敷は芭蕉庵のすぐ近くにあった。

『おくのほそ道』俳諧⑧

田一枚
植ゑて立ち去る
柳かな

季語
田植ゑ（夏）

訳
西行ゆかりの柳の下で昔を偲んで感慨にふけっていると、いつの間にか目の前の一枚分の田植えを終えて農民たちは立ち去ってしまい、残されたのは柳だけだった（自分も現実に戻り、立ち去るのだった）。

西行ゆかりの柳の下でしばらく感慨にふけっていると、風や光が語りかけてきて西行の声まで聞こえてきた……そんな白昼夢からハッと我に返った芭蕉の目に映じたのは、すでに田植えが終わってその場から立ち去る農民たちの姿だった。

あとに残されたのは柳のみ。

現実に戻った芭蕉も、その場から立ち去って旅を続けるのだった。

2章

「白河の関」を越えて…いざ、みちのくへ!!

——北へ北へと歩を進め、平泉で詩魂が爆発?

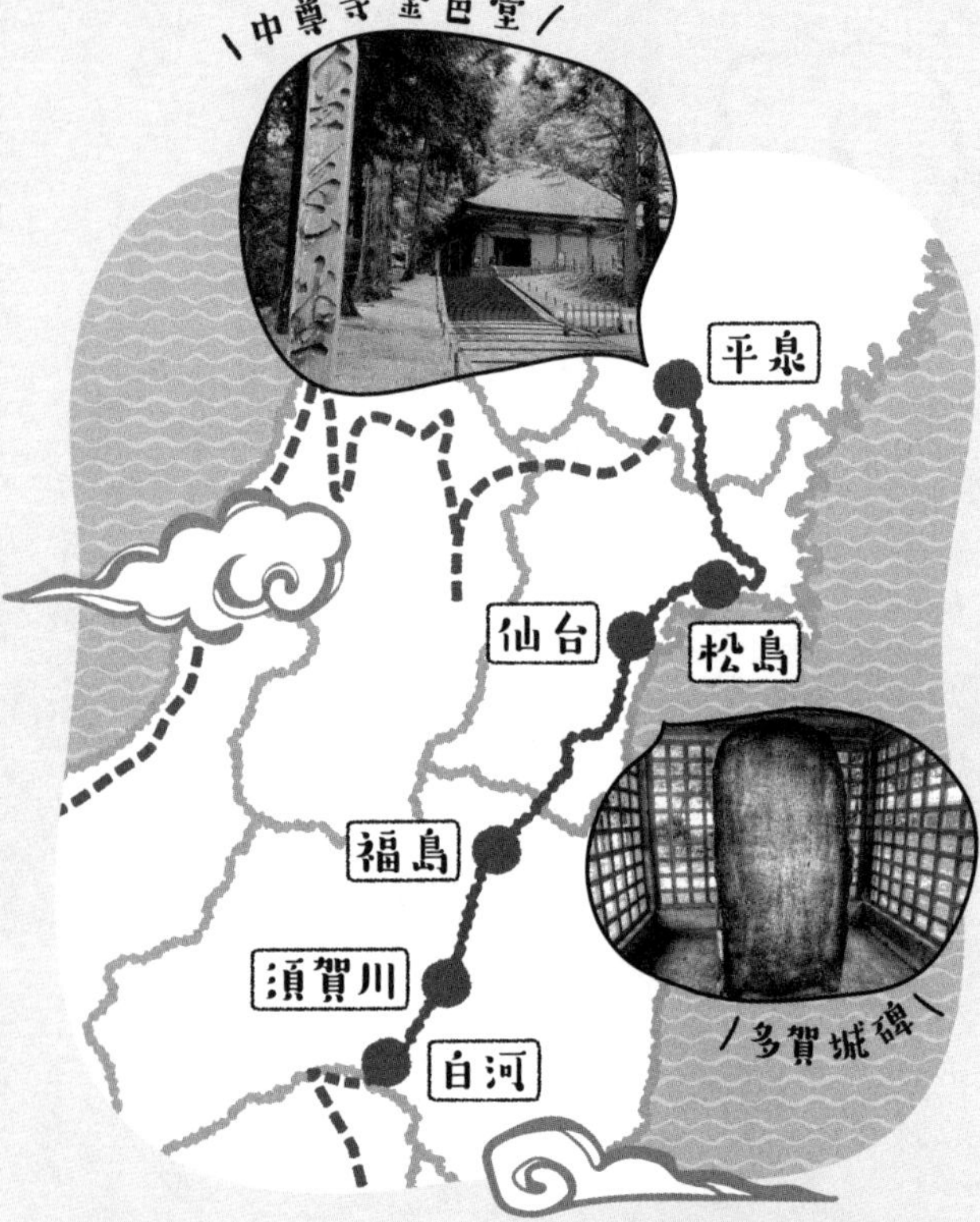

白河の関を越えると、『おくのほそ道』の本来の目的地であるみちのくへと入る。身が引き締まる思いの芭蕉。途中、持病が悪化して思うに任せぬこともありながら、須賀川で疲れを癒したあと、浅香山、仙台、松島、石巻……北へ北へと歩を進める芭蕉。平泉で源義経の館跡を訪ねた芭蕉は、畢生の名句を詠む。

なぜ夢にまで見た「白河の関」で作句しなかった？

さて、**いよいよ夢にまで見た白河《しらかわ》の関（福島県白河市）が近づいてきた。**

白河の関は「勿来《なこそ》の関・鼠ケ関《ねずが》※」とともに「奥羽《おうう》三関」と称され、みちのくの玄関口として古来有名だった。

芭蕉が白河の関に憧れたのは、歌枕の存在とそれを詠んだ数々の歌に触発されたからで、有名どころだけでも、平兼盛《たいらのかねもり》、能因法師《のういんほうし》、源頼政《みなもとのよりまさ》などが白河の関を題材にして歌を詠み、室町時代の連歌師《れんがし》宗祇《そうぎ》に至っては白河の関まで旅して『白河紀行』を書いている。

数々の名歌や文章が脳裏を駆け巡り、感動と興奮に打ち震える芭蕉。ところが芭蕉は、「白河の関に来てやっと『旅心』が定まった」と記すのみで白河の関の句を作らず、ボクの句だけが載せられている。

卯《う》の花を　かざしに関の　晴れ着かな　（曾良）

訳 その昔、竹田大夫国行《たけだのたいふくにゆき》がこの白河の関を通る時、冠を正し衣装を改めたという。

私には改めるべき衣服もないので、せめて道端に咲いている卯の花を折り取って髪に挿し、これを晴れ着として関を越すことだ。

なぜ芭蕉は白河の関の句を作らなかったのだろう？　いや、実は作っていたけど『おくのほそ道』には載せなかったんだ。

芭蕉が訪れた時、すでに白河の関は廃止されており、廃墟と化していた。その跡地に立つ芭蕉は、数々の名歌を想起しながら風雅の世界に心を遊ばせた。

そして、白河の関を題材にした句を三つも作った。

早苗《さなえ》にも　我色黒き　日数哉《ひかずかな》
西か東か　先《まず》早苗にも　風の音
関守《せきもり》の　宿を水鶏《くいな》に　とはふもの

しかし、三句とも芭蕉的には駄作で没句決定（笑）。『おくのほそ道』には採用されなかった。白河の関を題材にした過去の秀歌を知っていただけに、芭蕉としてもここは下手を打つわけにはいかなかったのだろう。

「旅心定まりぬ」と書くだけで、芭蕉としては十分だったんだ。

※「勿来の関・鼠ヶ関」……「勿来」は常陸《ひたち》（現・茨城県）と陸奥《むつ》（東北地方）の国境《くにざかい》にあった関所。現在の福島県いわき市の南東部。「鼠ヶ関」は越後《えちご》（現・新潟県）と出羽《でわ》（現・山形県と秋田県）の国境にあった関所。現在の山形県鶴岡市鼠ヶ関。「念珠ヶ関《ねずがせき》」とも書く。

「みちのくならではの風流」を観取した一句

白河を越えていよいよ奥州路《おうしゅう》に入った芭蕉の気持ちは高揚していた。しかし、那須《なす》（栃木県北部）から四十キロメートル以上の山道の旅に疲れた芭蕉は、須賀川《すかがわ》（福島県須賀川市）の**相楽等躬《さがらとうきゅう》（窮）宅に七日間も滞在して疲れを癒《い》やした。**

須賀川は奥州道中の宿場で、等躬はここの宿駅の長だった。

等躬は芭蕉の七歳年長で、当時五十二歳。問屋業を営む豪商であり、芭蕉が俳諧宗《はいかいそう》匠《しょう》として独り立ちした（宗匠立机《りっき》）時に、等躬が贈ったお祝いの発句が残っているくらい、古い付き合いだった。

四月二十二日（陽暦六月九日）、芭蕉の到着を首を長くして待っていた等躬は、芭蕉を大歓迎した。

須賀川俳壇の中心的人物でもあった等躬は、芭蕉が白河の関でどんな句を作ったか気になって仕方がなかった。そこで、一息ついた芭蕉に問いかけたんだ。

「白河の関を越える時、どんな句を作られましたか」

そう聞かれて返答に困った芭蕉は、

「長旅で心身ともに疲れ果てる一方、素晴らしい景色に感動して胸がいっぱいになり、思うような句が作れませんでした」

と苦しい言い訳をした。しかし、お世話になる以上、まったく句を詠まないわけにはいかない。

芭蕉が「やや苦し紛れに作ったもの」と記した句がある。

風流の初めや奥の田植ゑ歌

季語
田植ゑ歌（夏）

訳
白河の関を越えて奥州路に入ってみると折しも田植えの真っ盛りで、農民たちが田植え歌を歌っていた。そのひなびた響きこそ、みちのくで味わう初めての風流となった。

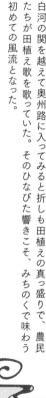

芭蕉としては、**白河の関越えを記念すべき一句であると同時に、旧友への挨拶句で**もあったので、めでたい雰囲気の句を作りたかった。そんな雰囲気が伝わってくる句だ。

ここでの「田植え歌」は、前日から準備し、当日は朝から日没まで歌い続けるもので、田植えという共同作業を円滑に行うための労働歌であり、また豊穣《ほうじょう》を祈っての神への讃歌だった。

近世に入って農作業が小規模な家族単位になるにつれて「田植え歌」は廃《すた》れていったが、ここみちのくではそれが残っていた。芭蕉はそこに中世的な伝統を見て取り、みちのくならではの風流を感じ取った。

芭蕉の残した句の中ではそれほど優れたものではないけど、句会は大いに盛り上がった。「この句を発句として脇・第三と続けて連句が三巻もできあがった」と芭蕉は書いている……けれど、実はできたのは「一巻」のみだった。かなり盛っているけど、まあ、そこはご愛敬（笑）。

次に、**宿場の片隅で隠棲《いんせい》する可伸《かしん》**を訪れた時に詠んだ句が記されている。

『おくのほそ道』俳諧⑩

世の人の見付けぬ花や軒《のき》の栗

季語

栗の花（夏）

訳 栗の花は地味で世間の人の目に留まらないが、この家の主人はそんな栗の木を愛し、軒近くに植えて隠遁《いんとん》生活をしている。その主人の人柄をも表しているようで、奥ゆかしく感じられる。

栗の花は薄《すすき》に似た形で、独特の強く青臭い匂いがする。遠くから見ると白く長い花に見えるが、地味で目立たない。世間の人の目にも留まらない栗の花を軒端《のきば》に植えて隠遁生活をしている可伸の姿を見て、芭蕉は西行《さいぎよう》法師のことを思い出した。また、

芭蕉は簡素な栗の花と可伸の人柄を重ね合わせた

「栗」という文字は「西」の「木」と書くくらいだから、西方浄土《さいほうじようど》に関係したものだとして、行基《ぎようき》上人が一生の間、杖《つえ》にも柱にも栗の木をお使いになったということだ。

と、全国の社会事業に尽くし、奈良の大仏造立《ぞうりゆう》に際して勧進《かんじん》役として活躍した行基上人（菩薩《ぼさつ》と称された）が、栗の木を愛用していたことを書いている。栗の木の趣を愛する点で行基上人と可伸とを重ねたのだろう。可伸は俗名梁井弥三郎《やないやさぶろう》。俳号栗斎《りつさい》。世俗を避けて隠棲していた僧侶だ。

可伸は軒の栗を食料にしていたのだけど、芭蕉が句にしたことで多くの人の知るところとなり、こっそり一人で食べることができなくなったそうだ（笑）。
まさに、ありがた迷惑。

✤『古今和歌集』の熱烈恋歌に詠まれた「花かつみ」の正体

四月二十九日（陽暦六月十六日）、須賀川の等躬宅を出発した芭蕉は、福島へ直行して一泊したように書いている。でも、これだと一日に約六十五キロメートルを踏破したことになり、不可能な距離。実際は郡山《こおりやま》（福島県郡山市）に一泊して翌五月一日に福島へと向かっている。

芭蕉は奥羽道中を歩きながら、歌枕として多くの歌が詠まれた**浅香山**《あさかやま》（安積山）や、このあたりに多くある沼を見て、いくつかの歌を思い出した。なかでも有名なのは『古今和歌集《こきんわかしゅう》』に載っている、よみ人しらずの次の恋の歌だ。

みちのくの 浅香の沼の 花かつみ かつ見る人に 恋ひやわたらむ

訳 みちのくの浅香の沼に「花かつみ」が咲いている。その可憐なかつみの花のようなあの人にちょっと逢っただけなのに、私はずっと恋し続けるのだろうか。

一度逢っただけでずっと恋しいと思い続けてしまう、という想いを詠んだ熱烈な恋歌で、この歌によって**「花かつみ」**は陸奥国の浅香（安積）の沼の名物となり、多くの歌が詠まれるようになったんだ。

郡山市が「花かつみ」とするヒメシャガ

芭蕉も「花かつみ」に興味を持ち、「どの草を花かつみというのですか」と土地の人々に聞いてまわった。ところが知る人は誰もいない。芭蕉は「かつみ、かつみ」とまるで妻か恋人のように名を呼びながら必死に探し歩いたけど見つからず、ついに日が暮れてしまった。実は「花かつみ」は幻の花とされ、その正体を知る者は誰もいなかったのだ。ちゃんちゃん!!

❀芭蕉はチラ見で通り過ぎた「黒塚の岩屋」の怪奇伝説

芭蕉は怪奇話や妖怪変化《へんげ》的な伝説にはまったく興味を示さないタイプだったので、鬼婆が棲《す》んでいたという伝説のある「黒塚の岩屋」（福島県二本松市）について、「黒塚の岩屋をちょっと見て、福島で一泊した」と軽く書いただけで通過している。

一方、ボクは興味津々。こういう話は大好きなので、鬼婆を埋めた黒塚のことを詳しく調べて書き留めた。

黒塚は、安達ヶ原《あだちがはら》に棲み、人を喰らっていたという鬼婆を葬った塚の名を指すんだ。**「安達ヶ原の鬼婆」の伝承（謡曲『黒塚』〈『安達原』〉は、この伝承がもとになっている）**は、次のようなものだ。ちょっと長いけど、お付き合いください。

昔々、ある貴族の家に乳母《めのと》として奉公していた「岩手《いわて》」という名の女性がいた。岩手の仕える家の姫は、不治の病で苦しんでいたが、医者によれば妊婦の腹の中にある胎児の生き肝《ぎも》を食べればその病は治るという。それを聞いた主人想いの岩手は、胎児の生き肝をあちこちに出かけて探したが、手に入らない。

そして、たどり着いたのは奥州安達ヶ原。岩手はそこにあった岩屋に潜み、標的となる妊婦が通りがかるのを待ち構えていた。

ある時、若い夫婦が道に迷って一夜の宿を求めてきた。見ると女は妊婦で腹痛に苦しんでいる様子。好機と見た岩手は二人を泊めてやることにした。

岩手は、夫が薬を求めに出かけた隙に女を殺し、腹を裂いて胎児の生き肝を取り出した。ついに目的を果たしたと思ったその時、ふと女の持ち物に目をやると、見覚えのあるお守り袋があった。

それは、幼くして残してきた自分の娘に与えたものだった。

知らなかったとはいえ、自分が手に掛けた女が我が子であり、お腹の子は孫であったことを知った岩手は、そのまま発狂して鬼となった。

鬼となった岩手は岩屋に棲み続け、旅人を襲っては財宝や衣類を奪い取り、さらにその肉を貪《むさぼ》り食って生きていた。

時が過ぎ、聖武《しょうむ》天皇の御代《みよ》、七二六（神亀《じんき》三）年になった。

紀州《きしゅう》熊野《くまの》の東光坊《とうこうぼう》阿闍梨《あじゃり》祐慶《ゆうけい》（宥慶《ゆうけい》）※という僧が、諸国行脚の途中で日が暮れて岩手の棲む安達ヶ原の岩屋に一夜の宿を求めた。岩手は僧を快く迎え入れた。

夜になって薪《まき》が切れたので山に拾いに行くことになった折、岩手は祐慶に、「わしが留守の間に、くれぐれも奥は覗くでないぞ」と、きつく言って出かけたが、そう言われると覗きたくなるのが人情というもの。

祐慶が奥の部屋を覗くと、人間の手足や首が部屋中に転がり、あたりは血の海の地獄絵さながら。人骨も山と積まれていた。

腰を抜かさんばかりに驚いた祐慶は、ここが噂に聞く安達ヶ原の鬼婆の棲《す》み処《か》であるとわかってすぐに逃げ出した。一方、戻ってきた鬼婆は祐慶がいないことに気づいて歯ぎしりし、怒りに燃えながらあとを追いかけた。

必死で逃げる祐慶だったが、鬼婆は恐ろしい速度で追いつき、もう少しで手が届くというところまで迫ってきた。その鬼の形相を見た祐慶は、「もはやこれまで!!」と、持っていた如意輪観音像《にょいりんかんのん》に向かって一心にお経を唱えた。

するとあ〜ら不思議、如意輪観音像が天空に舞い上がって光明を放ち、手に取った破魔弓《はまゆみ》に金剛の矢をつがえ鬼婆目がけて放つと、見事にその胸を射抜き、鬼婆は絶命した。

その後、祐慶は如意輪観音を本尊として観世寺《かんぜじ》を建立《こんりゅう》した。

※「東光坊阿闍梨祐慶（宥慶）」……この伝説とは時代が異なるものの、同名の阿闍梨が平安時代後期に実在している。

――とまあ、こんなお話だ（長くてごめんなさい）。

観世寺（福島県二本松市安達ヶ原）から少し離れた阿武隈川《あぶくまがわ》の川岸に、芭蕉の訪ねた**「黒塚」**がある。ここが観音様の導きで成仏した鬼婆を葬《ほうむ》った場所とされている。また、観世寺にある岩屋が鬼婆の棲み処だったとされ、出刃包丁を洗ったとされる血の池などもある。

✿かの有名な「陸奥のしのぶもぢずり」の石にご対面！

芭蕉は阿武隈川の岡部の渡しを舟で渡り、古歌で有名な**「信夫文知摺石《しのぶもじずりいし》」**（福島市山口）を見るために信夫の里を訪れた。ところがその石は半分以上が土に埋まっていたんだ。がっかりした芭蕉だが、こうなってしまったのには、ある伝説が関係していた。

昔々、按察使《あぜち》（地方行政官）として、のちの河原左大臣源融《かわらのさだいじんみなもとのとおる》が奥州へ下った折、この地の長《おさ》の家に泊まった。そこに虎女《とらじょ》という気立てのやさしい美しい娘がいて、融の世話をしているうちに二人は恋に落ちた。愛し合う二人は楽しい日々を送っていたが、融は虎女を残して都に帰ることになった。

虎女は融のことが忘れられず、毎日文知摺観音に行っては麦で石の面を磨き、都からの便りを待ち続けた。お百度《ひゃくど》参りの満願の日、虎女が麦で石の面を磨くと、愛しい融の面影が浮かび出た。喜んだ虎女だったが、それは幻影だった。すでに歩くこともできないくらいに弱っていた虎女は病に伏し、死を待つばかりという時、都の融から歌が届いた。

陸奥《みちのく》の　しのぶもぢずり　誰故《たれゆえ》に　みだれ初《そ》めにし　我ならなくに

訳　陸奥の「しのぶもじずり」の乱れ染めの模様のように私の心も忍ぶ想いに乱れます。それはいったい誰のせいでしょうか。私のせいではなく、ほかならぬあなたのせいですよ。

「ただただ、あなたのことを想って思い乱れていますよ」という熱烈な恋の歌だった。虎女はそれを読むと静かに息を引き取ったという。

条痕《じょうこん》（筋目）の多い平らな石に忍草《しのぶぐさ》※などの茎や葉を摺りつけて出た汁の上に布を当てて染めると、乱れ模様の摺り布ができあがる。それを「しのぶもじずり（忍〈信夫〉捩摺）」と呼んだが、転じて「ひそかに人を恋い慕う心の乱れ」のことを意味するようになった。

源融は『源氏物語』の光源氏のモデルともてはやされた有名な風流人。『百人一首』に撰ばれている「陸奥の」の歌と虎女伝説があるだけに、昔から**「信夫文知摺石」を見ようと信夫の里を訪れる旅人は多かったんだ。**

しかし、石を見るだけならまだしも麦畑まで荒らしていくので、ほとほと困った村人たちは長さ三メートル、高さ二・五メートルもの巨石を下の谷につき落としてしまった（明治になって発掘され、現在は普門院《ふもんいん》境内に保存されている）。

芭蕉はその全容を見ることが叶わなかった「信夫文知摺石」

芭蕉は伝説の地を自分の目で確かめに来たのに、待っていたのは半分地中に埋もれていた信夫文知摺石。しかも表面は下向きで……村人たちの怒りもわからなくはないけど、期待していただけに芭蕉の落胆ぶりは半端ではなかった。

次の句で、芭蕉は田植えをしている早乙《さおと》女《め》たちの手つきを見て、昔のことを偲んでいる。この句は最初、「早苗《さなえ》つかむ 手もとやむかし 志のぶ摺」だったけど、何度かの推敲を経て最終的にこうなった。

※「忍草」……羊歯《しだ》植物で土がなくても生きているので、耐え忍ぶことから「シノブ」の名がついたといわれている。

『おくのほそ道』俳諧⑪

早苗とる手もとや昔しのぶ摺り

季語

早苗（夏）

訳 早苗を摘《つ》み取る早乙女たちの手つきに、今は廃れてしまった「しのぶ摺り」をした手つきもあんな風であったろうかと、昔の面影が偲ばれるようだ。

源義経の忠臣・佐藤一家の石碑を前に「懐旧の情」

芭蕉は文知摺石を見たあと、瀬の上《せのうえ》（福島市瀬上町《せのうえまち》）という宿場に向かった。芭蕉は、このあたりの領主（大庄司《おおしょうじ》）だった**佐藤元治**《さとうもとはる》（基治）の旧跡をどうしても見たかったので、尋ね歩いてようやく丸山という小山に行き着いた。そこは元治の館跡で、その近くにある医王寺《いおうじ》に、佐藤一家の石碑が残っていた。

芭蕉がそこまで固執した佐藤一家は、「武士の鑑《かがみ》」と呼ばれていたんだ。

佐藤元治とその息子**継信**《つぐのぶ》・**忠信**《ただのぶ》**兄弟**は、奥州藤原《ふじわら》氏に仕えた鎌倉初期の武将だった。藤原秀衡《ひでひら》の保護下にあった**源義経**《よしつね》が、兄の頼朝《よりとも》のもとに馳《は》せ参じた際、継信・忠信兄弟も同行した。二人は義経のもとで大活躍し、平家追討の戦で数々の軍功をあげた。

しかし、平教経《たいらののりつね》が義経を狙って矢を放ったのを見た兄の継信が、とっさに義経をかばって胸板を射抜かれてしまう。

「この世に思い置くことはないか」と義経に問われた継信は、

「別に何も思い置くべきことはありませぬ。しかし、主君が栄達するのを見ずに死ぬことが心に懸かります。武士は敵の矢に当たって死ぬことは、もとより期するところです。なかでも、源平の合戦で奥州の佐藤三郎兵衛《さぶろべえ》継信という者が、讃岐国屋島《さぬきのくにやしま》（香川県高松市）の磯で、主に代わって討たれたと、末代までの物語に語られることこそ、今生《こんじょう》の面目、冥途《めいど》の思い出です」

と言って息絶えた。まだ二十八歳だった。

弟の忠信は、頼朝に追われることになった義経の身代りとなって義経を逃がし、のちに京都で襲撃を受けて壮絶な死を遂げた。父の元治もその後、奥州征伐に来た頼朝と戦って戦死している。

芭蕉はこうした**悲劇の佐藤一家**のことを思い、元治の館跡を見て回りながら懐旧の情にかられて涙を流した。

❋芭蕉落涙！「咲かずの椿」の悲話

佐藤一家の菩提寺《ぼだいじ》である**医王寺**（福島市飯坂町《いいざか》）を訪ねた芭蕉は、継信・忠信のお墓※に詣でた。そこで芭蕉がなによりも心を打たれたのは、佐藤兄弟の二人の妻の逸話だった。

息子二人（継信・忠信）が亡くなったことを知って嘆き悲しむ母の乙和《おとわ》。その姿を見た継信の妻と忠信の妻の二人は、自らの悲しみをこらえ、気丈にも夫の武具甲冑《かっちゅう》で身を固めた。そして勇ましい武将姿となった二人は、

「継信、忠信ただ今元気に凱旋《がいせん》しました!!」

と高らかに声を上げて、義母の乙和を慰めたという（医王寺には、二人の妻、楓《かえで》と若桜の甲冑姿の等身大の人形がある）。

健気《けなげ》な二人の逸話に感動した芭蕉は落涙し、こう記している。

見る者は必ず涙を流すという「堕涙《だるい》の石碑」が中国にあると聞く。しかし、

遠くに行かずともそれを目の前にしたような心持ちだ。

「堕涙の石碑」とは、中国晋《しん》代の太守《たいしゅ》の徳を記した石碑で、それを見る者は皆涙したという代物。だけど、芭蕉に言わせると、わざわざ遠く中国にまで見に行かなくても、眼前に「堕涙の石碑」があるではないか、となる。まさにその通り!!

ちなみに、医王寺境内奥の院にある元治と乙和夫妻の墓碑の傍《かたわ》らに「乙和の椿《つばき》」と呼ばれる椿の木がある。この椿は、乙和の深い悲しみが宿ったかのように開花の時期が来ても花開かず、蕾《つぼみ》のまま落ちてしまうので、いつしか「咲かずの椿」と呼ばれるようになったんだ。

訪れた時、椿の蕾はすべて落ちてしまっていたけど、乙和の深い悲しみに胸打たれた芭蕉とボクは、涙を流さずにはいられなかった。

※「継信・忠信のお墓」……お墓というより板碑と呼ぶべきものだが、「お墓の石を削り、粉にして飲むと病が治る」と言い伝えられたため、かなり削り取られている。

笈《おい》も太刀《たち》も
五月《さつき》に飾れ
紙幟《かみのぼり》

季語
紙幟（夏）

訳
弁慶《べんけい》の笈（背中に背負う箱）と義経の太刀を所蔵する医王寺では、端午《たんご》の節句には紙幟とともにそれらを飾るのがよいだろう。

※この句は、芭蕉自筆本では「弁慶が 笈をもかざれ 帋幟《かみのぼり》」となっている。

芭蕉は医王寺を訪れると、茶を所望した。そして、そこに義経の太刀や弁慶の笈が保管されているのを知ってこの句を詠んだ。

武勇で聞こえた二人の遺品なのだから、五月の端午の節句にはぴったりだ。死蔵せず、紙幟を立て、太刀や笈を飾って端午を祝ったらどうだろう、と提案している。

それは悲運の死を遂げた義経と弁慶、そして佐藤一家に対する**判官贔屓**《ほうがんびいき》でもあり、この矛盾に満ちた世に抗議する芭蕉の**悲憤慷慨**《ひふんこうがい》ぶりを表すものだった。

❀「粗末な宿屋」の顚末もダジャレで乗り切る？

五月一日（陽暦六月十七日）の夜、芭蕉は**飯塚温泉**《いいづか》（現在は飯坂《いいざか》。福島市）に泊まった。飯塚温泉は名泉で有名な温泉場……のはずだった。

しかし、**芭蕉たちが泊まった宿屋は大外れ**。土間に莚《むしろ》を敷いただけの粗末な宿で灯火もない。芭蕉は囲炉裏《いろり》の火を頼りに寝床をとって横になったものの、夜中に雷が響き、雨漏りがし、さらに蚤《のみ》や蚊に刺されて眠るどころではない……トホホ。

そのうえ持病の腹痛（胆石《たんせき》の発作か）まで起きて、芭蕉はその痛さに気を失いそうになった。短いはずの夏の夜も長く感じるほどだったが、やっと夜が明けると、芭蕉はそのオンボロ宿から、病をおして逃げ出すように旅立った。
なんとか出立したものの、まだ昨夜の痛みが残っていて気分が重い。そこで芭蕉は馬を雇って桑折《こおり》という宿場（福島県伊達《だて》郡）に着いた。

今回の異郷の旅に出向くにあたり、我が身はすでに捨てる覚悟をしたつもりだったのだから、たとえ旅の途上で死んだとしてもそれは天命だ。そんなふうに自分を励まし励まし、気力もちょっと取り直し、伊達な足取りで、その名もまさに伊達の大木戸を越すのだった。

苦痛にあえぎつつもダジャレをかます芭蕉。
「伊達な足取りで伊達を越す」……「布団がふっとんだ」レベルだけど、自らを鼓舞するかのようなこのダジャレは、前夜泊まった宿の悲惨さとの対比を強調するためだったのか、それともただのカラ元気だったのだろうか。

悲運の貴公子・藤原実方の「墓参り」は叶わず

芭蕉はやっとのことで通れるほどの山峡《やまかい》の細道をたどって笠島《かさしま》（宮城県名取市）に入った。土地の人に**藤原実方**《ふじわらのさねかた》のお墓の場所を尋ねると次のように教えてくれた。

「ここから遥か右手に見える山の麓の里を、箕輪《みのわ》・笠島といい、藤中将《とうのちゅうじょう》がその前で下馬しなかったために神罰を受けて落馬し、命を落としたという道祖神《どうそじん》の社《やしろ》や、西行が藤中将について詠んだ形見の薄が今も残っています」

実方（藤中将）は平安時代中期の貴族で、光源氏のモデルといわれるくらいのイケメンなモテ男だった。清少納言《せいしょうなごん》と交際していたという噂もある。

エリート貴族だった彼が、こんなド田舎に左遷《させん》されたのにはワケがあった。

ある時、実方は先輩貴族の藤原行成《ゆきなり》と和歌について口論になり、カッとなって行成の冠を奪って投げ捨てるという無礼を働いてしまった。しかも、よりによって一条天《いちじょう》皇の面前だったので、その様子を見て怒った天皇が、「頭を冷やしに歌枕を見てまいれ」と左遷を命じ、実方は都から遠く離れた陸奥国の役人となった。

ある時、実方が笠島にある道祖神の前を馬に乗ったまま通り過ぎようとしたところ、土地の者が馬から下りて拝んでから通るよう諫《いさ》めた。実方がその理由を尋ねると、「この笠島の道祖神は、平安京を守っている神の一人、出雲《いずも》路道祖神《じのどうそじん》の娘でした。しかし好きな男と駆け落ちして親神から勘当され、この地に追われてやって来たのです。土地の者はその娘を神として祀《まつ》り、篤《あつ》く崇敬しています。『陰相《いんそう》=男根』を作って神前に捧げれば願いは必ず叶うという、ありがたい神様なのです」と答えた。

これを聞いた実方は、「なんて下品な女神だ。『男根を捧げろ』だと!? 下馬には及ばぬ」と言い放って馬に乗ったまま通り過ぎてしまった。それを見た女神が怒って馬を蹴りつけたため、実方は落馬して死んでしまったのだという。霊験《れいげん》あらたかな神様であると同時に、礼を欠くとたちまち神罰を下す……神様を怒らせちゃいけないね。

芭蕉はそんな悲運（確かに!!）の貴公子である実方に同情して、お墓参りをしたいと思った。

笠島《かさしま》は いづこ五月《さつき》の ぬかり道

訳
藤中将の墓があるという笠島はどのあたりだろう。でも、五月雨《さみだれ》降りしきり、ぬかるむ道では、行こうにも行けないのだ。

季語
五月（夏）

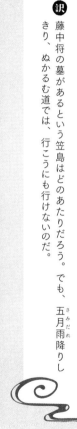

折からの五月雨で道がぬかるみ、芭蕉は実方のお墓を見に行くことができなかった。

その無念を、「笠島はいづこ」と遠くから呼びかけることで表している。

それにしても実方のお墓のある「蓑輪・笠島」という地名は、「蓑」といい「笠」といい、雨に縁のあることよ、と芭蕉は思ったに違いない。

ちなみに、行くことができなかった実方の塚で、芭蕉憧れの西行が詠んだ歌は、

朽ちもせぬ　その名ばかりを　とどめ置きて　枯野の薄《すすき》　かたみにぞ見る

訳 あたりはすっかり荒れ果ててしまっているのに、実方の名だけがこの地に残されている。この枯野に生える薄を実方の形見のように見てしまうよ。

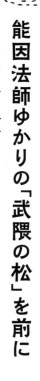

能因法師ゆかりの「武隈の松」を前にさわやか気分

芭蕉が岩沼《いわぬま》（宮城県岩沼市。阿武隈川にちなんで「武隈《たけくま》（の里）」とも呼ばれた）に来て「**武隈の松**」を見たのは本当は夕方だけど、ここは「朝のさわやかな目覚めの気分で憧れの松を見た」ということにしたかった芭蕉は、例によって日時を改ざんしてこう書いたんだ。

武隈の松にこそ、目覚《めさむ》る心地はすれ。

その昔、**能因法師**（九八八～一〇五〇頃）が訪れた時、この武隈の松はなかった。陸奥守《むつのかみ》として赴任してきた藤原孝義《たかよし》という人がこの木を伐《き》って名取川《なとりがわ》の橋杭《はしぐい》にしたせいだという。それを知った能因法師が詠んだ歌がある。

武隈の 松はこのたび 跡もなし 千歳《ちとせ》をへてや 我は来つらん

訳 以前あった武隈の松は、跡形もなく、なくなっていたので驚いた。千年も過ぎてから私は来てしまったのだろうか。

武隈の松は一本の根元から幹が二本に分かれたもので、伐られたあと、植え継ぎ植え継ぎして背の高い分かれ松となっていた。

それを見た芭蕉は「今はまた昔と変わらず、千年の齢《よわい》（千歳）にふさわしい整った形をしていて、素晴らしい様子であることよ」と感動している。尊敬する能因法師にゆかりのある武隈の松を見て感激した芭蕉だけど、ここで能因法師のことを紹介しておこう。

能因法師は平安中期の歌人で、勅撰《ちょくせん》和歌集に六十七首も入集《にっしゅう》している。二十六歳で出家すると歌枕を求めて旅をするのを好んだ。有名な歌に次のものがある。

都をば 霞《かすみ》とともに 立ちしかど 秋風ぞ吹く 白河の関

訳 京の都を春霞とともに出発したが、白河の関に到着した頃には、秋風が吹いていたよ。

自信作はできたものの、実は能因法師は白河に旅したことがなかった。そこで自分は旅に出たという噂を流してから家に隠れ籠り、庭に出るなどしてこっそり日焼けしたあと、旅から帰ったフリをしてこの歌を発表したんだ。名歌のためとはいえ、なんとも涙ぐましい努力……。

能因法師ゆかりの「武隈の松」

芭蕉が『おくのほそ道』をフィクション仕立てにしたのも、能因法師を真似てのことだったのかもしれないね。

桜より 松は二木《ふたき》を 三《み》月《つき》越《ご》し

季語
桜より〜三月越し（夏）

訳
桜よりも私を待っていてくれたのは武隈の松だった。古歌に詠まれた通り根元から二木に分かれた武隈の松を見ようと思っていたが、三カ月越しにその願いが叶い、今私は目の前にしている。

門人の挙白《きよはく》※が、江戸出立の際に贈ってくれていた句があった。

武隈の　松見せ申せ　遅桜《おそざくら》　（挙白）

訳 遅桜よ、芭蕉翁が来たら武隈の松を見せてあげてください。

芭蕉はそれに応える形で、武隈の松をやっと見ることができた喜びを句に詠んで挨拶とした。「松」に「待つ」、「三（月）」に「見（つ）」の意を掛けたやや技巧を凝らした句だ。

桜の時期から三カ月経ったと詠むことで、今は「夏」であることを示している珍しい形での季語だ。

※「挙白」……江戸の商人で姓は草壁《くさかべ》。蕉門の一人。江戸俳人の四季の発句と連句を収めた『四季千句』という本の編著者。

✿仙台に到着! センス抜群「風狂人」のもてなし

芭蕉は名取川を渡って**仙台**へと入った。

仙台は六十万石を超える伊達家の城下町だ。田舎道を歩き続けていたボクたちは、大都会の仙台にたどり着いてホッとしたものだ。そしてこの地方で有名な俳人の大淀《おおよど》三千風《みちかぜ》の門人である画工(版木屋)の**北野屋加右衛門**《きたのやかえもん》を訪ねた。

仙台に到着したのは**端午の節句**の時期だった。

端午の節句には軒に菖蒲《しょうぶ》(あやめ草)を掛けると病魔を除けるという習俗があった。菖蒲の強い香りが邪気を払うとされ、また「しょうぶ」という名が「尚武」(武を尊ぶこと)に通じ、その葉も武士の刀に似ていることから、男児の節句の花に定着したといわれている。

でも、芭蕉は旅人の身なので菖蒲を軒に掛けるわけにもいかない。そこで加右衛門が餞別《せんべつ》にくれた草鞋《わらじ》に菖蒲を結び付けて履き、旅の健脚を祈って出発することにした。

あやめ草《ぐさ》
足に結ばん
草鞋《わらじ》の緒《お》

季語
あやめ草（夏）

訳 旅人なので、端午の節句の菖蒲（あやめ草）は草鞋の緒に結ぶことにしよう。

その草鞋には、菖蒲の花の色にちなんで紺染め鼻緒《はなお》が付けられていた。

風狂人はここに至ってその真髄を現したのだ。

芭蕉が加右衛門をセンス抜群と認め、「風狂人」と絶賛している。
仙台の名所に詳しい加右衛門は、古歌に詠まれた名所の薬師堂《やくしどう》や榴岡天満宮《つつじがおかてんまんぐう》などを案内し、松島、塩竈《しおがま》への道筋や見どころを記した絵地図まで作ってくれた。加右衛門はさらに仙台名産の干飯《ほしいい》（糒）、海苔《のり》まで贈ってくれた。もうサイコーのもてなしだ!!

なお、芭蕉が句で詠んだ「あやめ草」は今でいう菖蒲のことで、いわゆる「アヤメ」とは別のものだ。菖蒲はサトイモ科（新分類体系では「ショウブ科」として独立）で、アヤメはアヤメ科という大きな違いがある。
ちなみに「いずれ『あやめ』か『かきつばた』」の「あやめ」はアヤメ科のほう。この慣用句は、もともとは「優れているものがいくつかあって選択に迷う」場合に用いるけど、特に「甲乙つけがたい美人」を形容する際に用いる表現だね。

多賀城で有名な歌枕「壺の碑」に感動！

五月八日（陽暦六月二十四日）、芭蕉は小雨の中、加右衛門にもらった絵地図をたどって**多賀城**《たがじょう》（宮城県多賀城市）を訪ねた。

多賀城というのは、陸奥国府《こくふ》や蝦夷《えみし》征伐のための鎮守府《ちんじゅふ》が置かれたところで、十一世紀中頃まで東北地方の政治・軍事・文化の中心地だった。

多賀城には、歌枕として有名だった**「壺《つぼ》の碑《いしぶみ》」**と呼ばれる碑があった。それを眼前にした芭蕉は次のように記している。

時代が移り変わって昔の歌枕の跡をはっきり留めていないものが大半なのだが、この壺の碑だけは間違いなく千年の昔の記念であって、これを見ると今、目の前に古人の心を確かめ見る思いだ。

感動のあまり涙を流す芭蕉……**ところが芭蕉の見た碑は、歌枕として有名だった**

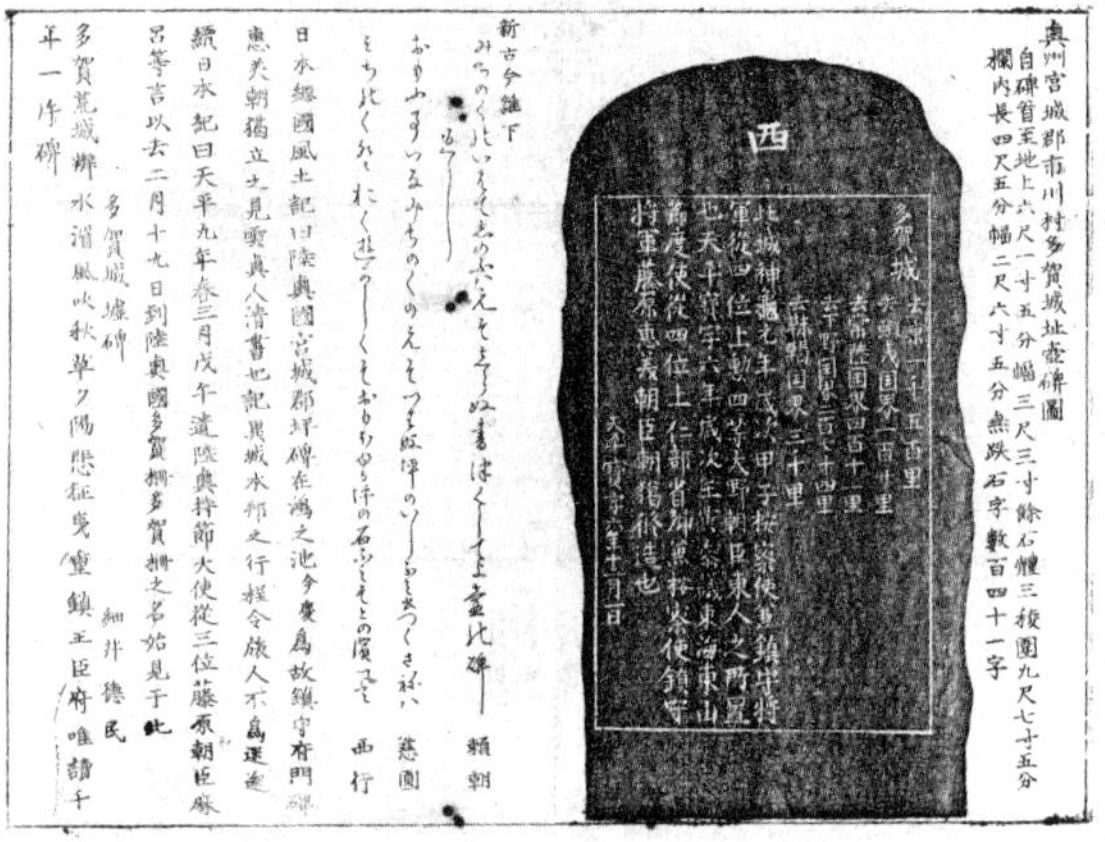

当時は「壺の碑」とされていた「多賀城碑」の拓本

「壺の碑」ではなかったんだ。

本物の「壺の碑」は、平安時代後期にはすでに伝説と化し、碑は行方不明になっていた。芭蕉が見たのは江戸時代初期に土中から発見された碑で、多賀城の沿革が刻んである別物。当時、「この『多賀城碑』こそ、歌枕で有名な『壺の碑』にちがいない」と言われていたんだから、芭蕉が間違えたのも仕方のないところだ。

では、本物の「壺の碑」はどこへ行ったんだろう?

昭和になって青森県でそれらしき碑が見つかったけれど、まだ真偽のほどは不明なんだ。芭蕉の見た多賀城碑は「壺の碑」ではないけれど、千年近く前の記念碑だったことは間違いないんだから、**芭蕉の感動の涙は決して無駄ではなかった**（はず）。

✲かの有名な「末の松山」での感慨

芭蕉は、千鳥の名所である野田の玉川《たまがわ》（多賀城市）と、秘めた恋心にたとえられる沖の石※という二つの歌枕を訪ねたあと、東北地方最大の港として賑わった伊達藩の外港塩竈に着いた。

そして、有名な歌枕**「末の松山」**（多賀城市）を訪れた。海へと至る最後（末）の松原だったことから「末の松山」と名づけられた。ところが芭蕉が訪ねてみると、宝《ほう》国寺《こくじ》の裏にあり、周りは墓に囲まれていた。

そこで芭蕉はこんな感慨を催した。

あたりの松原は皆、墓の並ぶところで、「空にあれば比翼《ひよく》の鳥、地にあれば連《れん》理《り》の枝──比翼連理」という言葉があるが、そのようにいつまでも睦《むつ》まじく誓い合った男女の仲でさえ結局はこのような墓の下に帰してしまうのかと、悲しみが込み上げてきて、やがて着いた塩竈の浦で夕暮れ時を告げる入相《いりあい》の鐘《かね》に寂しく耳を傾ける。

「比翼連理」とは、唐《とう》の玄宗《げんそう》皇帝と楊貴妃《ようきひ》の悲恋を詠んだ白楽天《はくらくてん》（白居易《はくきょい》）の『長恨歌《ちょうごんか》』が出典で、男女の契りの深いことを意味する。

墓に囲まれた末の松山を見た芭蕉は、その「比翼連理」という言葉を思い出しながら、「男女が永遠の愛を誓おうとも、いずれは二人とも墓の下に行くだけか」と、人の世のはかなさ、人生の無常を感じてしみじみしていた。と、ちょうどその時、塩竈の晩鐘《ばんしょう》が物悲しく聞こえてきた……ちょっとタイミングよすぎ……なのでこの部分はフィクションだ。

その夜、盲目の法師が琵琶《びわ》をかき鳴らして語る「奥浄瑠璃《おくじょうるり》※」のひなびた調子を、「うるさくて眠れないなぁ」と不快に感じつつも、「いやいや、奥州に残る伝統文化を忘れず伝えているのだから殊勝なことだ」と思い直して感心する芭蕉だった。

※「沖の石」……海の沖にあって潮が引いても見えないことから、人に知られることのない秘めた

想いの象徴として歌に詠まれた。現在は多賀城市にある池の名前になっている。

※「奥浄瑠璃」……奥州の仙台周辺で盲人や巫覡《ふげき》の徒によって受け継がれてきた古い形式の浄瑠璃。「仙台浄瑠璃」とも。扇拍子・三味線・琵琶などを伴奏にして物語を語る。

❖判官贔屓はどこまでも…鹽竈神社で偲ぶ奥州藤原氏

「末の松山」を訪れた翌朝、芭蕉は**鹽《しお》(塩)竈《がま》神社**（宮城県塩竈市）を参拝した。

仙台藩主だった伊達《だて》政宗《まさむね》公によって再建された神社はたいそう立派な造りで、朝日を受けて朱塗《しゅぬ》りの玉垣《たまがき》（垣根）が宝石のように輝いて見えた……と書いているが、実は芭蕉が宿を出たのはお昼頃なので、この記述もまだまた嘘（笑）。「芭蕉師、見てきたような嘘をつき※」というところだ。

それはさておき、芭蕉の心を強くとらえたのは、社殿の前にあった古い灯籠《とうろう》だった。寄進したのは藤原秀衡の三男**和泉三郎忠衡《いずみのさぶろうただひら》**。源義経のために戦って亡くなった人物だ。

一一八七（文治《ぶんじ》三）年、兄頼朝に追われた義経は、秀衡を頼って平泉へ逃げてくるが、秀衡はまもなく病没する。子供たちへの遺言は、「国衡《くにひら》、泰衡《やすひら》、忠衡の三兄弟は仲良くし、義経を大将軍として皆で力を合わせて平泉を守れ」だった。

しかし、義経を殺さなければ奥州藤原氏を潰すと頼朝に圧力をかけられ、進退窮《きわ》まった泰衡と国衡は父の遺言を破って夜襲をかけ、義経を自害させた。さらに義経に味方した三男の忠衡をも殺してしまった。享年は義経三十一、忠衡二十三。

そこまでやったにもかかわらず国衡、泰衡も、結局のところは頼朝に滅ぼされ、約百年の長きにわたって栄えた奥州藤原氏は滅んだ。その悲劇に思いを馳せるとともに、**判官贔屓の芭蕉は、勇・義・忠・孝すべてを兼ね備えた忠衡のことを「武士の鑑」と絶賛している。**

※「芭蕉師、見てきたような嘘をつき」……本来は「講釈師《こうしやくし》見てきたような嘘をつき（言い）」。この川柳の意味は、「講釈師（講談師）にかかると、嘘も本当らしく聞こえる」というもの。

『曾良随行日記』で明らかになった衝撃の事実

ボク（曾良）の『曾良随行日記』（『曾良旅日記』とも）がこの世に現れるまでは、

『おくのほそ道』は旅の忠実なる記録だという見方が一般的だった。ところが、一九四三（昭和十八）年に山本安三郎《やすさぶろう》（俳号は六丁子《ろくちょうじ》）氏がボクの『曾良随行日記』を発表したことで、その見方が間違いだったことが判明し、学会に衝撃が走った。

芭蕉に同行したボクの『曾良随行日記』には、旅の行動が克明に記録されており、『おくのほそ道』と突き合わせてみると、かなりの箇所で食い違っていることがわかった。人名の改変も多く、また明らかに芭蕉が創作した話も見つかり、今ではボクの**『曾良随行日記』のほうが客観的な事実を記録したもの**とされているんだ。

一方、芭蕉としては、生涯の一大傑作として『おくのほそ道』を残すためなんだから「多少の脚色は許してくれよ～」と言いたいところだろうね。そもそも「すべて事実に基づいている」という断り書きはないのだから、読み手としては芭蕉の書いたものをすべて事実として受け止める必要もないはず。

眉に唾しながら「ふむふむ」と読み進め、芭蕉とともに旅しながら情景を楽しみ、句を味わうのが正解というもの。ぜひ、そうしてくださいね!!

「ああ松島や」——この景色の美しさは言葉にならない

五月九日（陽暦六月二十五日）、芭蕉は塩竈から舟に乗って松島へと渡った。

安芸《あき》の宮島（広島県廿日市《はつかいち》市）、**丹後《たんご》の天橋立**（京都府宮津市）と並んで**「日本三景」**の一つに数えられている**松島**。八百八島と呼ばれる、松島湾に散在する大小二百六十余の島々、総延長約三十キロメートルに及ぶ湾内の複雑な海岸線、それらの景色は変化に富んでいて見飽きることはない。

言い古されていて今さら言うまでもないが、この松島は日本一景色のよいところだ。

快晴のもと、松島の絶景を見て興奮した芭蕉は**松島を日本一の美景**と呼び、中国の名勝、洞庭湖《どうていこ》や西湖《せいこ》※にも負けないと断じている。無数の島々を擬人化して生き生きとその美しさを描写し、色濃い松の緑や見栄えする枝ぶりのことを「蘇東坡《そとうば》（蘇軾《そしょく》。中国の国文学者・政治家）の詩にある美人の顔を思わせる」とまで書いている。

さらに芭蕉は、「この景色の素晴らしさは、神代の昔、大山祇《おおやまづみ》の神が造り成したわざに違いない。人間ごときが絵画や詩文に表現できるはずがない」と絶賛している。

大興奮の芭蕉、さぞや名句が詠めるに違いない!!

「日本一の美景」と芭蕉が興奮したという松島の景観

興奮して夜も眠れなかった芭蕉は、結局、松島で一句も詠めなかった……わけではなく、**実は芭蕉は松島の句を作っていたんだ。**『蕉翁《しょうおう》文集《ぶんしゅう》』（芭蕉の弟子の服部《はっとり》土芳《とほう》が編んだ芭蕉の作品集）に、

島々や　千々《ちぢ》に砕けて　夏の海

という句が見える。まさに島々が千々に砕けたように見える絶景松島の景観をよくとらえている。この句は推敲したうえでの最終形だけど、それでも芭蕉は気に入らなかったようで、ついに『おくのほそ道』には載せなかった（そんなに悪い句とも思えないのだけど……残念）。

いや、芭蕉の松島の句といえば「松島や　ああ松島や　松島や」という有名な句があるじゃないか、という人がいるかもしれないけど、これは五・七・五の字数は揃っているものの、季語が入っていないので正確には俳諧ではないんだ。

さらに言えば、**この句は芭蕉作ではなく、田原坊《たわらぼう》の狂歌**がもとになっている。

江戸時代後期の『松島（嶋）図誌』という本に、「松島や　さて松島や　松島や」という田原坊の狂歌が収められていて、さらに、松島の風景があまりに美しくて句が詠めなかったという芭蕉の話も掲載されていたため、田原坊作が芭蕉作と混同されたようだ。

そのうち「さて」の部分がいつのまにか「ああ」と変えられて今に伝えられている、というのが真相のようだ。観光用のコピー句としてキャッチーで覚えやすかったので、人口に膾炙してしまったんだね。

※「洞庭湖や西湖」……洞庭湖は中国・湖南省北東部にあり、淡水湖としては中国で二番目に大きい。北東岸にある「岳陽楼《がくようろう》」は杜甫《とほ》の「岳陽楼に登る」をはじめ多くの詩人に詠まれている。西湖は浙江省《せっこうしょう》杭州《こうしゅう》市にあり、世界遺産に選ばれている。

曾良が芭蕉の代わりに松島で詠んだ「ユーモラスな句」

絶景の松島を訪れた芭蕉は、その夜、月が映った美しい海の景色にまた別の趣を感じて感動していた。宿に戻っても興奮が冷めやらず、大自然の中に抱かれた不思議な気持ちになってなかなか寝つかれなかったので、友人たちが餞別《せんべつ》に贈ってくれた漢詩や和歌を読んで心を慰めながら夜を明かしたんだ。

松島を題材とした句を詠めなかった芭蕉。そこで代わりにボクが句を詠んだ。

松島や　鶴に身を借れ　ほととぎす　（曾良）

訳 素晴らしい松島には、ほととぎすは釣り合わない。松島に釣り合うのは美しい鶴だ。だからほととぎすよ、鶴の衣をまとって優雅に鳴き渡っておくれ。

ホトトギスの鳴き声は、甲高《かんだか》く金属的な響きに聞こえる。ホトトギスに向かって、「声はいいけど姿はイマイチだから、松島に釣り合う美しさを持つ鶴に姿を借りなさい」とユーモラスに語りかけてみた。この句はボクの句ということになっているけど、ちょっとデキがよすぎるね。ここだけの話、芭蕉に少し添削してもらったんだ。

ちなみに、**ホトトギスの名前の由来は鳴き声**にある。

昔の人たちはその鳴き声を「ホットホトギ」と聞きなし（人間の言葉に置き換え）、それに鳥を表す接尾詞の「ス」がついて「ホトトギス」となったといわれている。しかし江戸時代以降、「ホットホトギ」から「テッペンカケタカ（天辺翔《か》けたか）」と変化した。実際の鳴き声を聞くと、「キョッキョ、キョキョキョキョキョ」と甲高く鳴いているように聞こえるんだけど、それを「特許許可局」と聞きなした人には「座布団一枚!!」。

ここは極楽浄土!?　伊達政宗が贅を尽くした瑞巌寺

五月十一日（陽暦六月二十七日）、芭蕉は**瑞巌寺**《ずいがんじ》（宮城県宮城郡松島町）を参詣した（『曾良随行日記』では九日）。

瑞巌寺は伊達家の菩提寺で、仙台藩主になった政宗が桃山様式の粋を尽くし、五年もの歳月をかけて完成させた。金ピカ大好きの政宗らしく、本堂内部は金箔を施した障壁画《しょうへきが》に囲まれ、まさに**極楽浄土の様相**を呈している。

瑞巌寺に到着した芭蕉は、時間をかけて丁寧に見て回った。

政宗が心血を注いで造り上げただけに、襖《ふすま》を飾る絵画や彫刻、調度品などすべてが傑作揃い。現在、本堂も庫裡《くり》（台所）もすべて国宝という名刹《めいさつ》だ。欄間《らんま》には江戸時代初期に活躍した伝説的な彫刻職人、左甚五郎《ひだりじんごろう》作と伝えられる「葡萄《ぶどう》に栗鼠《きねずみ》」の彫刻もある。

ただ、芭蕉の熱心さは尋常ではない。そんなに真剣に見て回らねばならなかった理由がきっとあるはずだ、という疑いから**「芭蕉隠密《おんみつ》説」**が生まれたんだ。

芭蕉の旅が「隠密」行動だった可能性

実は『おくのほそ道』での芭蕉の旅が「隠密」行動だった可能性は十分にある。自分で言うのもなんだけど、**ボクこと曾良が幕府と通じていた**からだ（秘密だよ）。芭蕉が亡くなったあと、六代将軍家宣《いえのぶ》の命により、幕府の巡見使《じゅんけんし》の随員となって九州を回ったりしているという事実も、ボクと幕府とのつながりを示す証拠として挙げられる（もちろん、「曾良も芭蕉も隠密ではない」という説もあるけどね）。

仙台藩の表高《おもてだか》は約六十万石だったけど、実高《じつだか》は支藩を含めると百万石を超え、直属家臣も多くて三万人近い兵力を擁《よう》していた。

領内の産出米は大消費地・江戸の食を支えていて、最盛期には**「今、江戸三分一は奥州米なり」**といわれるほどの穀倉《こくそう》地帯だった。また特産の干しアワビやフカヒレは「長崎俵物《ながさきたわらもの》」として外貨を稼いでいたので財政も潤っていた。これほど強大な藩ゆえ、伊達政宗の代から徳川家康に警戒されていたんだ。

実際、**野心家の政宗**は国盗り物語に参加したかった節がある。

江戸に幕府が開かれると、政宗は国内だけではなく海外にも目を向け、仙台藩とスペイン帝国の通商を企画し、支倉常長《はせくらつねなが》を大使とした使節団（慶長遣欧使節《けいちょうけんおう》）を派遣した。日本人がヨーロッパへ政治外交使節を派遣したのは史上初のこと。また、日本人で太平洋と大西洋を横断した人物は常長らが史上初だった。

ただ、残念ながら幕府によるキリスト教弾圧や鎖国（海禁）政策によって政宗の夢は潰《つい》えた。そんな歴史を持つ**仙台藩は外様《とざま》だったがゆえに、幕府からとても警戒されていた**。でも、仙台藩も馬鹿じゃない。隠密には十分気をつけていた。

そこで白羽の矢が立ったのは芭蕉とボクの二人。疑われず情報を収集するのに最適な人物だった。有名な俳諧師が旅をしながら句を詠むというのを、止めるわけにはいかないからね。

芭蕉としても、旅をするのに必要なものは「お金」だ。仙台藩の情報を収集する代わりに、幕府が旅費を援助する。ウィンウィンの関係が成り立った。

「外様仙台藩の動向を探れ!!　瑞巌寺は寺ではなく、実は城砦《じょうさい》ではないのか、よく調べてこい」と命じられた芭蕉とボク。

広い瑞巌寺には鉄砲が撃てる隠れ場があるかもしれないし、堅牢《けんろう》すぎる本堂やそれを取りまく厚い塀も寺として不釣り合いだ。いざ幕府との戦いとなった時に城砦の役割を果たすのではないか……芭蕉はそんな疑いの眼差しで瑞巌寺を隅々まで見て回った（あくまで推測だよ）。

石巻から平泉へ！『おくのほそ道』の最大の目的地

五月十二日（陽暦六月二十八日）、芭蕉は松島をあとにして**平泉**《ひらいずみ》（岩手県西磐井郡《にしいわい》平泉町）へと向かった。

「人跡未踏の道をたどって迷い、**石巻**《いしのまき》（宮城県石巻市）に着いた」と芭蕉は書いているけど、例によってこれはフィクション。『おくのほそ道』の作品構成上、このあたりで旅のハプニングや道中の大変さを記すことが必要だと判断したんだね。

当時の石巻は北上川舟運《きたかみがわしゅううん》の拠点として栄え、江戸や大坂との交易も盛んな港町だった。芭蕉もその繁栄ぶりを記している。

石巻に着いてからも「やっと貧しげな小家に一晩泊めてもらった」「翌朝また不案内な道を迷いつつ進む始末」と愚痴を並べているけど、実際は道中出会った武士に親切にしてもらったり、ちゃんとした旅籠《はたご》にも泊まったりしている。ボクの『曾良随行日記』には、ちゃ～んとそうした事実を書いておいた。

さて、いよいよ次は「平泉」。今回の旅の最大の目的地だ。苦労してたどり着いてこそ、感動も増すというもの。芭蕉もそれをわかっていての「嘘も方便」というわけだ。

義経の「最期の地」であり、奥州藤原氏の「栄華の地」

心がはやる芭蕉は、石巻からの二十余里（約八十キロメートル）をわずか二日で踏破し、五月十三日（陽暦六月二十九日）、平泉に着いた。やはり芭蕉は忍者かも!?

芭蕉は、さっそく悲劇のヒーロー源義経の最期の地と、奥州藤原三代の栄華の跡を尋ねた。

ここで時を遡《さかのぼ》って、**義経と藤原三代**についての話をするね。

ベベンベン♪　時は平安時代末期（十一世紀末～十二世紀末）。

貴族勢力が衰退し、武士勢力が伸長したこの時期は、政情が不安定で都は戦場《いくさば》と化していた。でも、北辺にある平泉はきわめて平穏で、豊富な金の産出によって財政が支えられ、清衡《きよひら》・基衡《もとひら》・秀衡と続いた藤原三代の文化は華やかに開花していた。

しかし、長い歴史の中ではその栄華も一炊《いっすい》の夢のようにはかないものだった。

頼朝に敵とみなされた**義経**は、少年の頃お世話になった秀衡を頼って平泉に落ち延びた。男気のある秀衡は義経を匿《かくま》ったのだけど、それが運の尽きだった。

秀衡が病死すると、義経を引き渡せとの頼朝の再三の要求に対して進退窮まった息子の**泰衡**は、ついに義経に夜襲をかけた（衣川《ころもがわ》の戦い）。時に一一八九（文治五）年四月三十日（旧暦）。義経は三十一歳の若さで妻子とともに自刃《じじん》した。悲しい最期だ。

泰衡は義経の首を頼朝に引き渡したものの、時すでに遅し。頼朝は赦《ゆる》さなかった。いや、そもそも頼朝の真意は奥州藤原氏を滅ぼすことにあったんだ。頼朝自ら率いる大軍勢を前に、なすすべなく平泉を捨てて逃げた泰衡は、家臣の造反によって殺され、ここに約百年に及んで栄えた**奥州藤原氏は四代目にして滅んだ**。ベベンベン♪

❀「夏草や」――畢生の名句に凝縮された"無常観"

平泉を訪れた芭蕉は、万感の思いに浸っていた。

義経の居館跡の高館《たかだち》（衣川の館）に登って眼下を見ると、歌枕となっている衣川が北上川に流れ込んでいるのが見える。稀代の英雄義経と義臣たちはこの高館で華々しく戦って散った。でも今はただ草むらと化し、秀衡の建てた豪華な館も田野へと姿を変え、昔日《せきじつ》の面影はまったくない……。

平家滅亡の立役者だったはずの義経も、頼朝に追われる逆賊（朝敵）と成り果てた（後白河法皇《ごしらかわほうおう》は、頼朝に義経追討の院宣《いんぜん》を下している）。それにもかかわらず、八人の義臣たちは最後まで主君義経のもとを離れず勇敢に戦って散った。なかでも武蔵坊弁慶《むさしぼうべんけい》は、義経を守って全身に無数の敵の矢を受け、仁王立ちのまま死んだと伝えられている（弁慶の立往生《たちおうじょう》）。

芭蕉は杜甫の詩『春望《しゅんぼう》』の句、**「国破れて山河あり　城春にして草木深《そうもく》し」**を思い出して深い感慨にふけった。そして、畢生《ひっせい》の名句を生み出した。

『おくのほそ道』俳諧 ⑯

夏《なつ》草《くさ》※や
兵《つわもの》どもが
夢の跡

季語
夏草（夏）

訳 奥州藤原三代の栄華も義経主従の功名も、今は一炊の夢と消え、夏草が茫々《ぼうぼう》と繁っているだけだ。

※芭蕉自筆本では「夏艸」となっている。

眼前の茫々たる夏草を前にして、戦いに敗れ去った武士たちの野望（夢）の跡を見る芭蕉。わずか十七文字、五・七・五という短詩の中に凝縮された**無常観**《むじょう》に圧倒される。

「盛者必衰《じょうしゃひっすい》、諸行無常《しょぎょう》」……芭蕉は笠を脱いで地面に敷くと、その上に座して時の過ぎるのを忘れ、この地で繰り広げられた悲劇に想いを致して、ただ涙を流した。

芭蕉の「夏草や」の句があまりに有名になったため隠れてしまっているけど、ボクもなかなかの佳句《かく》を詠んでいるんだよ。

卯《う》の花に　兼房《かねふさ》見ゆる　白毛《しらが》かな　（曾良）

「兼房」は、『義経記《ぎけいき》』（作者不詳の軍記物語）にだけ出てくる架空の人物。主君義経と妻子が自刃したのを見届けるや、十郎権頭《じゅうろうごんのかみ》兼房は館に火をかけた。そして敵将を斬り倒し、さらにその弟を小脇に抱えて炎に飛び込んで壮絶な最期を遂げたという老臣だ。眼前に咲き乱れる白い卯の花に、老いた兼房がその白髪を振り乱して奮戦する幻を見ている。

❀「光堂」に滅びゆくものの美学を痛感

次に向かったのは、かねてから見たかった**中尊寺**《ちゅうそんじ》だ。

中尊寺は、初代清衡がこの世に極楽浄土を現出するため、金に糸目をつけず建てたものだ。なかでも内外を総金箔張りにした豪華絢爛たる**金色堂**《こんじきどう》（**別名「光堂」**《ひかりどう》）は、自身の廟堂《びょうどう》として建立したもので、平安時代の仏教建築と工芸技術の粋を集めて荘厳《しょうごん》されている。

しかし、藤原氏滅亡後はすっかり衰え、一三三七（建武《けんむ》四）年には野火で一山《いちざん》ことごとく焼け、わずかに金色堂と経蔵《きょうぞう》の一部を残すのみとなった。

芭蕉は、金色堂の須弥壇《しゅみだん》に安置されている藤原三代の遺体（ミイラ）や阿弥陀三尊《あみださんぞん》像を見て回った。

栄華を誇っていた奥州藤原氏の所有していた宝物の数々は散り失せ、かつて輝きを放っていたはずの黄金の柱は霜雪《そうせつ》にさらされて朽ち果てている。しかし、今、芭蕉の目の前にある金色堂だけは、まだ往時《おうじ》の輝きをかろうじて残していた。

『おくのほそ道』俳諧⑰

五月雨《さみだれ》の降り残してや光堂

訳 すべてのものを洗い流し、朽ちさせてしまう五月雨も、光堂だけはその気高さに遠慮して濡らさず降り残しているようだ。

※芭蕉自筆本ではこの句はなく、「五月雨や 年《とし》〱《どし》降《ふり》て 五百《ごひやく》たび」「蛍火《ほたるび》の 昼《ひる》は消《きえ》つゝ 柱かな」の二句が記載されている。

季語
五月雨（夏）

「金色堂」は「覆堂」によって
風雪から守られてきた

無常観に満ちていた芭蕉の心の暗闇に、一筋の光を差し込んだのは金色堂（光堂）だった。

すべてのものを朽ちさせてきた五月雨も、この光堂だけは降り残したのだろう、数百年を経た今もまだ光り輝いている。

芭蕉は光堂を見ながら、滅びゆくものの美学を痛感した。もともと芭蕉は義経や木《き》曾《そ》（源）義仲《よしなか》を敬愛する「判官贔屓」なところがあるけど、これも**「滅びの美学」**を愛するがゆえだ。

ちなみに、この句で芭蕉が「光堂」としたのは、じつは金色堂そのものではなく、風雪から金色堂を保護するために設けられた「覆堂《おおいどう》（鞘堂《さやどう》）」のこと。

東北の厳しい自然にさらされた金色堂は時を経てボロボロに壊れ、朽ち果てようとしていた。そこで十三世紀の終わり頃、鎌倉幕府によって四面を囲い、瓦屋根を葺《ふ》いた覆堂が設けられて風雨をしのげるようになった。

覆堂の中で燦然《さんぜん》と輝く金色堂の姿を覆堂に仮託して、芭蕉はこの名句を詠んだ。

3章

まさに旅の山場！出羽三山での神妙体験

——スパイ詮議、蚤・虱にも負けず名句続々！

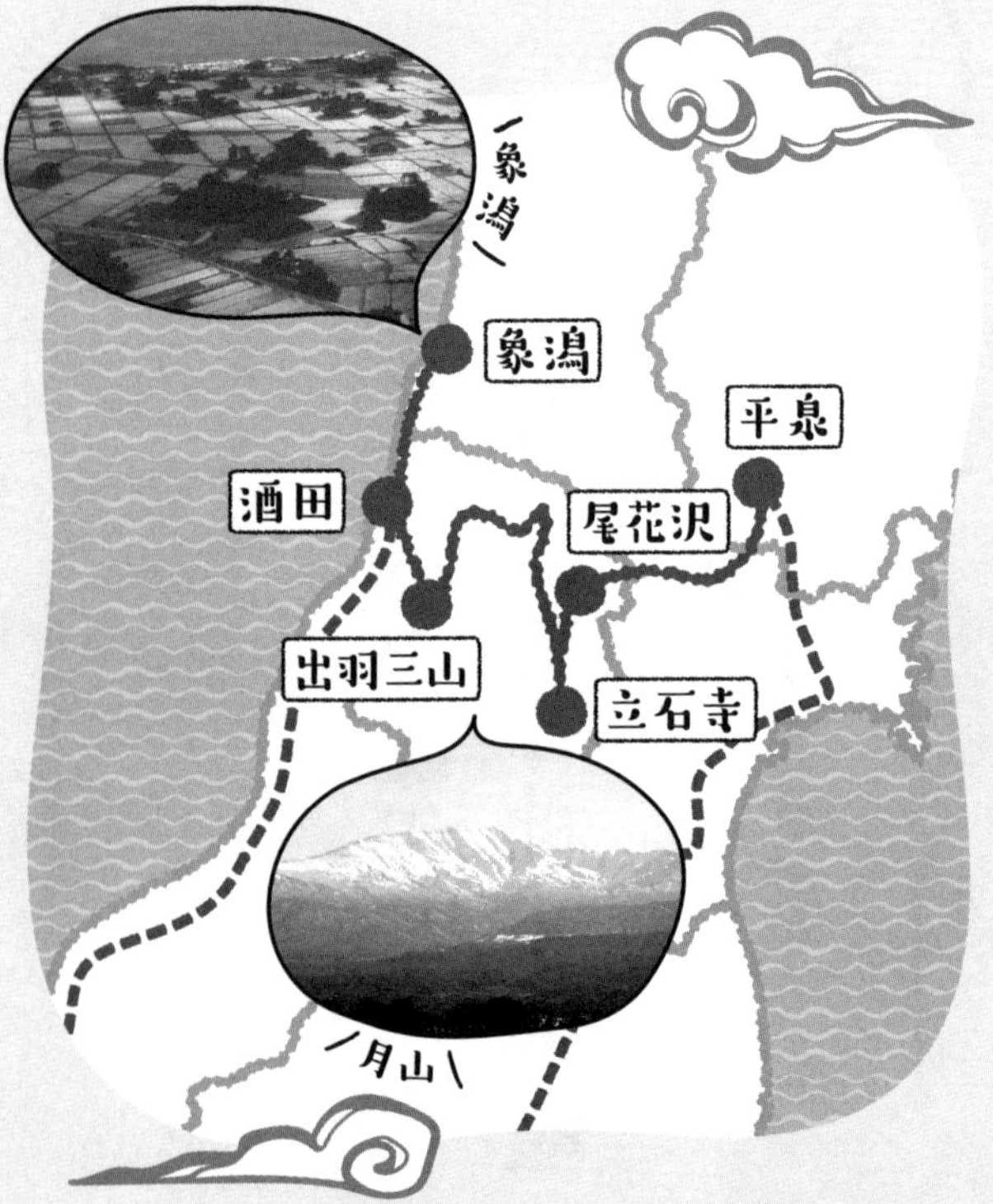

尿前の関で厳しい取り調べを受けて閉口した芭蕉だが、尾花沢で豪勢なもてなしを受けて体力を回復し、立石寺で名句をものした。そのあと、最上川を下り、聖地の出羽三山を元気に踏破した芭蕉は、象潟の絶景に感動した。

僧形ゆえの災難？「尿前の関」でこってり絞られる！

感動の平泉をあとにした芭蕉は、出羽国《でわのくに》（現・山形県・秋田県）に向かうために山越えを敢行した。ところが、**尿前の関《しとまえのせき》**（宮城県大崎市）で徹底的に詮議《せんぎ》を受け、これにはまいった。奥州に勢力を張っていた伊達《だて》家は外様《とざま》大名ゆえスパイをとても警戒していた。

「スパイは人目をごまかすために、法衣《ほうえ》をまとっているかもしれない」

……芭蕉は疑われ、とことん絞られた。僧の姿に扮していれば安全に旅ができると思って僧形《そうぎょう》にしていた芭蕉にとって、これは大きな誤算だった。危険を冒し、苦労して山越えをしている最中でもあったので、踏んだり蹴ったりだ。

関所でさんざん絞られたあと、芭蕉に、さらなる悲劇が襲った。

そぼ降る雨の中、もはや日暮れになってしまい、泊まる宿もない。やっとのことで封人《ほうじん》（国境《くにざかい》を守る役人）の家に泊めてもらえることになったのだけど、小雨は嵐となって風雨が吹き荒れ、そこで三日間も足留めを喰らう羽目に陥った。

宿とした家の中も最悪の環境だった。

蚤《のみ》虱《しらみ》
馬の尿《ばり》する
枕もと

季語
蚤（夏）

訳 貧しい旅の宿で寝ていると蚤や虱に苦しめられ、さらに飼っている馬が尿をする音が枕元まで響く。たまったものではないが、それはそれで、ひなびた情緒を感じさせるものだ。

泊めてもらった家で、芭蕉たちは蚤や虱に苛《さいな》まれ、大きな音をたてて馬がおしっこをする音が枕元まで聞こえてくる。とても眠れたものじゃない……ということをユーモラスに詠んだ句だ。

✿冷や汗たらり――屈強な若者に案内され「山刀伐峠越え」

さて、散々な目に遭《あ》った芭蕉だったけど、三日経って台風一過の晴天のもと、心機一転、元気に出発だ!! ところが、一難去ってまた一難。出羽国へ入るには、険しい山道を通って**山刀伐峠**《なたぎりとうげ》（山形県尾花沢《おばなざわ》市と最上《もがみ》郡最上町を結ぶ）を越えるしかないという。芭蕉は宿の主人に勧められ、道案内人を頼んで峠越えに挑むことにした。

すると反った脇差《わきざし》を腰に差した屈強な若者がやって来た。……まるで戦《いくさ》に出陣するような姿を見た芭蕉は、「危険な目に遭うに違いない」と不安におびえながらあとをついていった。ボクもどうなることやらとドキドキだ。

道中、高い山は静まり返り、鳥の声ひとつ聞こえない。うっそうと繁る木々の下は、まるで夜道のように暗い。芭蕉は冷や汗を流しながら歩を進め、やっとのことで**尾花**《おばね》

沢《ざわ》（当時は「おばなざわ」とは呼称していなかった）に出た。すると案内人は、「この道を通ると必ず不都合なことが起こるのに、今日は無事にお送りできて本当に幸いでした」と言う。それを聞いた芭蕉は、やれやれと安堵したのだった。あ～、無事でよかった。

尾花沢にて「紅花大尽」鈴木清風の大歓迎

尾花沢には芭蕉の俳友で紅花《べにばな》商※を営む**鈴木《すずき》清風《せいふう》**がいた。芭蕉より七歳若い清風は芭蕉を慕い、江戸に商いに出てくるたびに深川《ふかがわ》の芭蕉庵を訪れ、「尾花沢はよいところです。ぜひ一度いらっしゃってください」と誘ってくれていたんだ。

当初芭蕉は平泉《ひらいずみ》から北上を続け、津軽《つがる》・下北《しもきた》（青森県）まで足を延ばすつもりだった。そこはまだ見ぬ「奥の、さらに奥の細道」だ。二度とないチャンス……でも、体力的な限界もあり、進路を変えて清風のいる出羽国尾花沢へとやって来たのだった。

来てみると清風宅は大豪邸。紅花問屋だった清風は、大名や商人相手に金融業も営んで大成功を収め、**「紅花大尽《だいじん》」**と呼ばれていた。その大尽ぶりを伝える話として、江戸吉原《よしわら》の大門《おおもん》を三日三晩閉め切り、遊女全員を独り占めして豪遊した話が伝わっている。う〜ん、羨《うらや》ましい。

しかし「かれは富める者なれども、志《こころざし》卑《いや》しからず」と芭蕉が書いているように、清風は金持ちにありがちな成金趣味ではなく志の高い人物で、江戸との往復で旅の苦労も理解していたので、芭蕉をいたわり、長途の労をねぎらってくれた。

清風によって催された宴には多くの地元の俳人たちが集まり、町ぐるみの歓待を受けた芭蕉は、清風宅近くの養泉寺《ようせんじ》の一室に十日間も滞在した。

尾花沢では芭蕉の句が三つ記されている。

※「紅花商」……尾花沢は当時紅花の集荷地として知られていた。紅花は染料や口紅の原材料になる色素が採れ、また漢方の婦人薬として用いられていたため、盛んに売買された。清風はその問屋として成功し、「大尽」（大金持ち）になっていた。紅花は山形県の県花になっている。

『おくのほそ道』俳諧⑲⑳㉑

涼しさを　わが宿にして　ねまるなり

訳 なんと涼しく快適な宿だろう、まるで我が家にいるような気分でくつろげるのだ。

季語 涼しさ（夏）

這《は》ひ出でよ　飼屋《かいや》が下の　蟾《ひき》の声

訳 蚕《かいこ》を飼っている小屋の床下からヒキガエルの鳴き声がしている。ヒキガエルよ、どうか床下から這い出してきて暇な私の相手をしておくれ。

季語 蟾（夏）

眉《まゆ》掃《は》きを　俤《おもかげ》にして　紅《べ》粉《に》の花

訳 可憐な紅花（尾花沢の名産）を見ていると、女性が化粧に使う眉掃きを思い起こさせる形をしているね。

季語 紅花（夏）

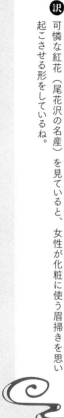

第一句の「ねまる」とは、寝ころぶ意ではなく「くつろぐ」という意味の土地の方言で、涼しい風が吹いてきて旅で疲れた身にはなんとも気持ちよく、我が家にいるような気楽さで膝をくずしてくつろいでいるという意。

第二句の「飼屋」は養蚕《ようさん》小屋のこと。芭蕉が宿でのんびりしていると、養蚕小屋の下からひきがえるの鳴き声が聞こえてきた。そんなうす暗いわびしいところで鳴いていないで、こっちへ出てきて暇な自分の相手をしておくれ、という意。

第三句は、**芭蕉にしては珍しくなまめかしい句だ**。紅花を見ると、その形から女性が化粧に使う「眉掃き」を連想させるという意。眉掃きとは、白粉《おしろい》をつけたあとの眉を払う刷毛《はけ》のことで、竹の管の両端に白ウサギの毛を植えつけた化粧道具。紅花はアザミに似た可憐な花で尾花沢の名産だ。

ボクもここで一句詠んだ。素直ないい句だと思うんだけど、いかがかな？

蚕飼《こが》ひする　人は古代《こだい》の　姿かな　（曾良）

訳 蚕を世話している姿は、古代の人々の神々しい姿を感じさせる。

立石寺で蟬の声が「岩にしみ入る」まで

尾花沢までやって来た芭蕉だったけど、「一度は見ておくべき寺がある」と人々が勧めるので、わざわざ七里（約二十八キロメートル）も引き返して**「立石寺《りっしゃくじ》」**（山形市。通称は**山寺《やまでら》**。当時は「りゅうしゃくじ」といった）を訪れた。八六〇（貞観《じょうかん》二）年、慈覚大師《じかくだいし》円仁《えんにん》によって創建されたと伝えられている立石寺は、宝珠山《ほうじゅさん》にあって広大な境内を持ち、多くの堂塔伽藍《どうとうがらん》があった。

日暮れまでにはまだ時間があったので、芭蕉は山上の堂まで行くことにした。松や柏《かしわ》などの古木や苔むす岩などを見ながら、狭くて長い石段を上って山上に達すると、素晴らしい景色が眼下に広がった。崖から崖へ、岩から岩へ渡り歩き、仏閣に参拝する芭蕉の心はいつしか澄み渡っていった。

景色は美しく、すべてはひっそり静まり返っている。

その清らかな静寂の中、蟬《せみ》の鳴き声だけが聞こえている。

閑《しず》かさや
岩にしみ入る
蟬の声

季語
蟬（夏）

訳 ああ、なんという閑かさだ。静寂の中で響く蟬の鳴き声は岩に染み入っていくようで、いよいよ閑かさを強めている。

名句の誕生だ。しかし最初は「山寺や　石にしみつく　蟬の声」で、のちに推敲して「さびしさや　岩にしみ込む　蟬の声」、さらに推敲を重ねて今に伝わる句になった。
並べてみるとわかるけど、「しみつく」より「しみ込む」、「しみ込む」より「しみ入る」のほうがいい。また、「さびしさや」では心情に偏《かたよ》りすぎていて、「閑かさや」のほうが表現として断然優れている。

絶壁の上にお堂が建つ立石寺

芭蕉の推敲は無駄じゃない。

ところでこの「蟬」は何ゼミだろうか。

「アブラゼミだ」「いや、ニイニイゼミだ」と、論争になったことがある。

芭蕉が立石寺を訪れた五月二十七日は、太陽暦に直すと七月十三日頃。その頃に立石寺で鳴くセミはほとんどがニイニイゼミでアブラゼミはわずかという。この時季はまだアブラゼミは発生していなかったのだ。

芭蕉が聞いたセミの鳴き声は、どうやらニイニイゼミの「チィーチィー」であって、アブラゼミの「ジージジリジリ」ではなかったようだ。

✿「五月雨が集まる」と最上川はどうなる？

立石寺を参詣《さんけい》したあとは、**大石田**《おおいしだ》（山形県北村山郡）から舟で最上川《もがみがわ》を下ろうとした。でも、あいにくの雨で増水したため、落ち着くまで様子を見ることにしたんだ。

大石田には、清風の門下で舟宿を営む高野《たかの》一栄《いちえい》という人物がいた。

芭蕉は五月二十八日（陽暦七月十四日）から三日間、一栄の家に滞在した。そこに俳諧を楽しむ人たちが集まってきて芭蕉に指導を乞うた。

「この地では俳諧の道を我流で探っているのですが、新風の道に進むか、古風な道に残るか、指導者がいないので決めかねています」

ここでいう「古風」とは貞門《ていもん》派、一方の「新風」とは談林《だんりん》派のことを指している

（20ページ参照）。教えを乞う彼らの熱意にほだされ、芭蕉は一栄・曾良、それに大石田の庄屋で俳人の高桑川水《たかくわせんすい》と四人で歌仙《かせん》を巻いた。歌仙とは、二人以上の詠み手が五・七・五の長句と七・七の短句を順々に三十六句並べていくこと（51ページ参照）で、「詠む」ことを「巻く」と呼ぶ。この歌仙で芭蕉が詠んだ有名な句がある。

さみだれを　あつめてすゞし　もがみ川

最上川の句は、この段階では「すゞし」となっている。ところが、最上川下りの舟に実際に乗ってみると、増水した水がみなぎって流れも速い。「すゞし」などと余裕をかましている場合ではないことを実感した芭蕉は、句を改めることにした。

最上川の流域面積は七千四十平方キロメートルで、全国で第九位。幹線流路延長は二百二十九キロメートルに達し（全国第七位）、一つの都府県のみを流域とする河川としては日本国内最長。

また、富士川（長野県・山梨県・静岡県）、球磨川《くまがわ》（熊本県）と並んで日本三大急流の一つに数えられていて、落差五メートル以上の滝は二百三十カ所もある。

五月雨《さみだれ》を あつめて早し 最上川

訳 降り注ぐ五月雨はやがて最上川へ流れ込み、その水量と勢いを増し、舟をすごい速さで押し流すのだ。

季語
五月雨（夏）

五月雨が最上川に流れ込み、渦を巻きながら矢のように流れている様子を見事に詠んだ。静から動へ。芭蕉は新風を吹き込み、大いに満足だった。

ちなみに、芭蕉を尊敬する、俳人であり文人画家でもある**与謝蕪村**《よさぶそん》（一七一六〜一七八三）が「五月雨」をテーマに詠んだ次の句も名句だ。

五月雨や　大河を前に　家二軒　（蕪村）

訳 五月雨が何日も降り続いて、勢いを増した大きな川が激しく流れている。その川のほとりに家が二軒、寄り添うようにぽつりと建っている。

芭蕉は「最上川は水量が豊かで、何度も舟がひっくり返りそうな危ない場面があった」と書いている。

しかし実は、ここまでの最上川のエピソードのほとんどが嘘。本当のところは、雨で増水した最上川は危険と判断して大石田では舟に乗らず、陸路を選んで最上川を見ながら峠を越えた。そして六月三日（陽暦七月十九日）、快晴のもと「安全な」最上川下りの舟に乗ったんだ。

最上川下りを終えた芭蕉は、陸路で手向《とうげ》（山形県鶴岡市）へと向かい、そこに住む**図司左吉**《ずしさきち》（本名は近藤）を訪ねた。

「図司」は染物屋という意味で、左吉は羽黒《はぐろ》山伏衣装の染物屋を営んでいた。俳号は呂丸《ろがん》（露丸）といい、芭蕉に弟子入りし、ほかの門人たちとも親交を結んでいた。

呂丸の紹介で、芭蕉は羽黒山《はぐろさん》の別当《べっとう》代の会覚阿闍梨《えがくあじゃり》に会うことができた。当時、羽黒山には別当はおらず、別当代が山を統括する最高職だった。阿闍梨は芭蕉たちを南《みなみ》谷《だに》の別院に泊め、心を尽くしてもてなしてくれた。

六月四日（陽暦七月二十日）、本坊の若王寺《にゃくおうじ》で連句の会があった。芭蕉はここで、「**有難や 雪をかほらす 風の音**」と詠んだ。これは初句で、その後推敲を重ねて『おくのほそ道』に次ページの句を載せた。

夏に詠んだ句に「雪」を入れるという趣向を凝らした。南谷に吹き下ろしてくる雪の香のする涼風は、山頂に祀られている神々の息吹だと解釈した芭蕉。「（風）かをらす」で夏の季語としている。霊場の「南谷」に対する敬意とともに、呂丸や阿闍梨の歓待に対するお礼も含めて「ありがたや」と詠んでいる。

ありがたや
雪をかをらす
南谷

訳 雪の残る峰々から冷たい風が私のいる南谷まで吹いてくる。それは雪の上を渡ってきた薫風《くんぷう》であり、この神聖な羽黒山の雰囲気にぴったりで、ありがたいことだ。

季語
（風）かをらす（夏）

修験者の聖地「出羽三山」での充実作句

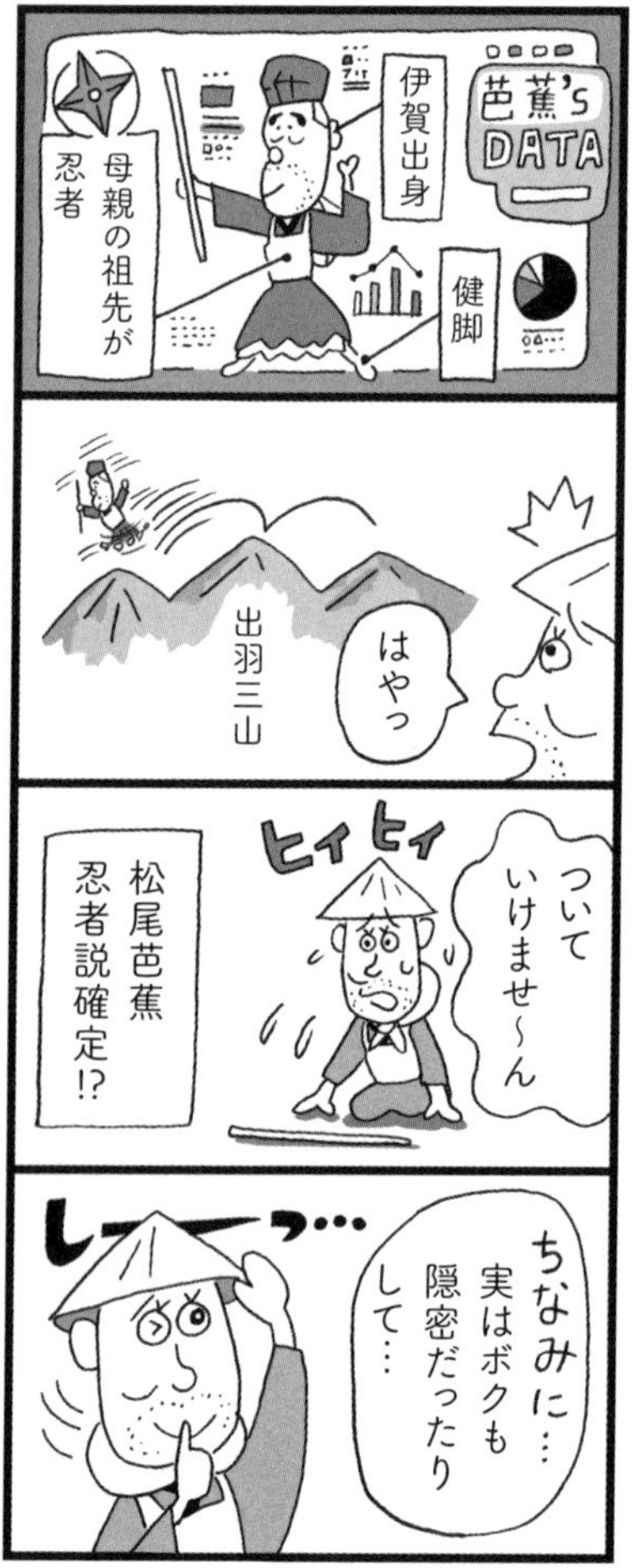

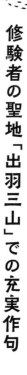

手向《とうげ》は、羽黒山麓にある**出羽三山**《でわさんざん》の門前町だ。

出羽三山の歴史は古く、六世紀に修験《しゆげん》道場として開かれると、江戸時代には各地から多くの参詣者を集めた。その参詣者に宿泊所を提供し、道中の案内を買って出る修《しゆ》験者《げんじゃ》たちが、三山の入口にあたる羽黒山麓に集落を形成した。その宿泊所のことを**「宿坊」**《しゆくぼう》といい、全盛期には三百三十六坊もあったんだ。

出羽三山とは、羽黒山・月山《がつさん》・湯殿山《ゆどのさん》のことだけど、羽黒山の標高が最も低かったため、出羽三山の入口となっていた。でも、低いとはいっても山頂まで二千四百四十六段もの急な石段が続いているのだから、登るのは大変だ。

芭蕉がその急な石段をあえぎながら登ると、やっとのことで建物が見えてきた。僧坊が立ち並び、修験者たちが熱心に修行していた。芭蕉はこう書いている。

僧たちは互いに励まし合って修行している。霊山霊地のご利益《りやく》を、人々は尊び、かつ畏れている。繁栄は永久に続くだろう。尊い御山というべきだと思う。

出羽三山の標高は、羽黒山が四百十四メートル、月山が千九百八十四メートル、湯殿山が千五百メートル。羽黒山に比べると残り二つの山の高さが際立っている。

羽黒山に出羽三山の入口として三神が合祭されているのは、月山と湯殿山は標高が高く、特に冬場は登ることが難しいからなんだ。

ところが芭蕉は、老体に鞭《むち》打って二千メートルに近い月山に登ることを決意した。時は六月八日（陽暦七月二十四日）。登拝者を案内し、荷を運ぶ屈強な男（強力《ごうりき》）に導かれ、芭蕉も行者装束になって山を登った。

月山を登拝！ 健脚すぎる芭蕉に「忍者説」

息は絶え絶え、体は凍えて、ようやく頂上にたどり着くと、太陽が沈んで月が現れる。笹や篠《しの》の上に寝転んで、夜が明けるのを待った。

太陽が昇り雲が消えたので、湯殿山に向けて山を下っていく。

息も絶え絶えになりながらも月山の頂上に達した芭蕉は、そこで一夜を明かすと翌朝、出羽三山の奥の院にあたる湯殿山に向かい、ご神体を拝んだあと、また元の道を引き返してその日のうちに羽黒山南谷に戻っている。こうした芭蕉の健脚ぶりを見ると、「芭蕉隠密説《おんみつ》」（138ページ参照）もさることながら、**「芭蕉忍者説」**もあながち嘘ではないような気がしてくるが……。

芭蕉は『おくのほそ道』の全行程約二千四百キロメートルを約百五十日間で踏破した。

単純計算で一日平均約十六キロメートルだけど、途中滞在して移動していない日があるので、それを差し引くと実質的な移動平均距離は一日三十キロメートル程度。時速四キロメートルとして八時間程度歩き続ければ到達する数字ではある。

しかし、まだ街道も整備されていない奥州・北陸道の旅だ。山あり谷ありの道を百五十日持続して一日三十キロメートルも歩けるものだろうか？　芭蕉は当時としては老人と呼ぶべき四十六歳、しかも病気持ち（200ページ参照）の身だ。普通に考えればとても無理……。

ところが芭蕉はそれを成し遂げた。そこで、その健脚ぶりから「芭蕉は忍者ではないのか」という説が出てきた。さらに、芭蕉は忍者のふるさと伊賀上野《いがうえの》の出身であることが**「芭蕉忍者説」**に信憑性《しんぴょうせい》を加えたんだ。

芭蕉の母親は百地《ももち》（桃地）氏の出といわれ、百地氏には百地三太夫《さんだゆう》という有名な忍者がいて、かの大盗賊石川五右衛門《いしかわごえもん》の忍法の先生でもあったという。となると、芭蕉も忍者の血縁であることは間違いない……。

さてさて、芭蕉は忍者だったのか？

結論からいえば、**芭蕉が忍者だとする説は間違い**だ。

現代からすれば芭蕉は健脚に思えるけど、江戸時代の旅人は、日本橋から京都三条大橋までの東海道、約四百九十二キロメートルを二週間で歩くのが平均だったんだ。一日平均約三十五キロメートルは芭蕉の歩いた距離とほぼ同じ。芭蕉だけがずば抜けて健脚だったわけではない。

また、荷物を極力減らしたり、重いものはなるべくボク（曾良）が持ったりしながら、長旅を続けていった。ときには馬に乗ってラクをしたこともあったんだから、「芭蕉忍者説」はちょっと無理がある。

ただ前にも書いたように、ボクが隠密で、その協力をする見返りに幕府からお金をもらって『おくのほそ道』の旅費をまかなった、という説は一考の余地がある（138ページ参照）。貧乏だった芭蕉が、百五十日間にも及ぶ旅費をどうやって捻出《ねんしゅつ》したのかは一切書かれていないのだから、かなりアヤシイ。

いずれにせよ、芭蕉による脚色部分も含めて、色々と想像しながら『おくのほそ道』を読むようにすれば、一粒で二度美味しい旅行記になること請け合いだ!!

「羽黒山」「月山」「湯殿山」の句を詠み分けた深い理由

さて、湯殿山から引き返してその日のうちに羽黒山南谷に戻るという健脚芭蕉様にお供していたボクは、日記に「甚《はなは》だ疲れた」と記した（笑）。芭蕉が倒れたり怪我したりするのではないかとヒヤヒヤし通しで、気をつかったぶん疲れ果ててしまったよ。

ところでこの地方では、**羽黒山を「生の山」、月山を「死の山」と呼んできた。**これは羽黒山が明るく生き生きとしたよい山で、月山が死に至る悪い山という意味ではなく、羽黒山は俗なる山（現世の幸せを祈る山）、月山は聖なる山（来世の安楽と往生を祈る山）を象徴するという対比なんだ。

人間は、生まれては死に、死んでは生まれることを繰り返す輪廻《りんね》する存在だ、という考え方が前提になっている。

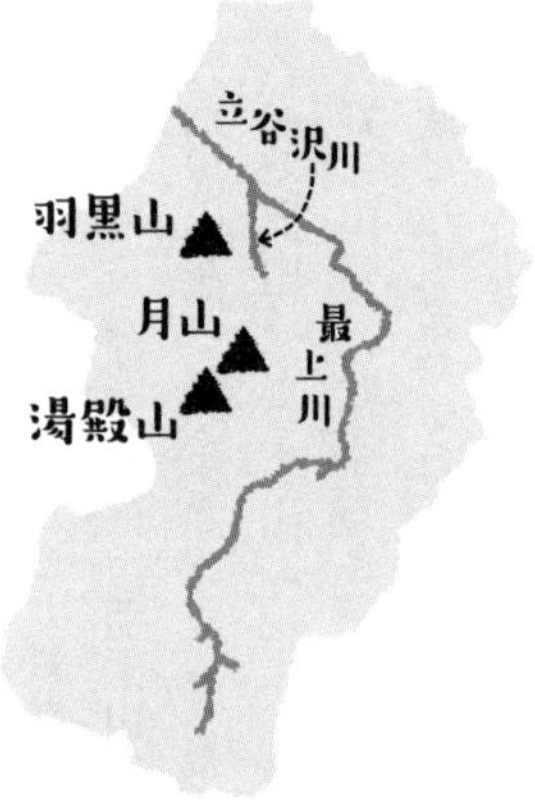

健脚の芭蕉は出羽三山を制覇した

その二つの山に対して、**湯殿山は「生まれ変わり（再生）を祈る山」**とされてきた（縁結びでも有名で「恋の山」とも呼ばれる）。

湯殿山は出羽三山の奥の院とされ、湯殿山神社（山形県鶴岡市）は清冽《せいれつ》なる梵字川《ぼんじがわ》のほとり、峡谷《きょうこく》中に鎮座している。江戸時代には、**「西の伊勢《いせ》参り、東の奥参り」**と称され、両方（伊勢神宮と出羽三山）をお参りすることが「人生儀礼」の一つとされ、全国からの参拝者で賑わっていた。

出羽を巡る旅は「生まれ変わりの旅」といわれるけど、芭蕉が張り切って出羽三山を制覇したのは、まさに生まれ変わりたかったからなんだろう。

さて、南谷に戻った芭蕉は、阿闍梨のために出羽三山の短冊を揮毫《きごう》（筆で書くこと）している。

『おくのほそ道』俳諧㉕㉖㉗

涼しさや　ほの三日月の　羽黒山

訳 ああ涼しいな。羽黒山にほのかな三日月がかかっている。

季語 涼しさ（夏）

雲の峰　いくつ崩れて　月の山

訳 空に峰のようにそびえる入道雲が、いくつ崩れてこの雄大な月山となったのだろうか。雄大な月山のたたずまいだ。

季語 雲の峰（夏）

語られぬ　湯殿にぬらす　袂《たもと》かな

訳 山でのことを一切口外してはならぬという湯殿山の習わしがあるが、荘厳《そうごん》な湯殿山に登り、その神秘に感激して流した涙で着物の袖が濡れたことよ。

季語 湯殿詣（夏）

羽黒山を題材とした句は、余裕ある軽い口調で詠んでいる芭蕉だけど、月山では屹《きっ》立《りつ》した高い峰を想像させる句を詠んでいる。

湯殿山のことを詠んだ句で、「語られぬ」＝「一切口外してはいけない」としてあるのには理由がある。古くからの言い伝えで、**湯殿山神社の神秘（湯殿山の御宝前《ごほうぜん》）に関しては、「語るなかれ」「聞くなかれ」「問わず語らず」**といわれ、人に語ることは厳しく禁じられていたんだ。

どうしてそこまで厳しいのだろうか!?　その理由はご神体にあった。

湯殿山神社には社殿がなく、その**ご神体は熱湯の湧き出る茶褐色の巨大な岩**（御宝前）。その岩をよく見ると、湯口は女性の陰部に似た形をしているんだ。女陰から湯が湧く霊巌《れいがん》がご神体なので、一切他言してはならぬという厳しい戒めがあるのは当然のことかもしれない。

昔の人はこの巨岩から湧き出る熱湯を見て神秘的なものを感じ、それが崇拝へと変わっていったのだろう。原始的な性器崇拝の名残りといえる。また、湯殿山が「恋の（再生の）山」と呼ばれたのもこれで頷ける。

ちなみにボクの句も『おくのほそ道』に記されている。

湯殿山　銭《ぜに》踏む道の　涙かな　（曾良）

訳 湯殿山は地上に落ちたものを拾ってはならないという習わしなので、たくさん落ちている銭（お賽銭《さいせん》）を踏みながら参詣し、そのありがたさに涙を流すのだった。

霊地である湯殿山には「地に落ちたものを拾ってはならない」という習わしがある。俗世と隔離された仏神の領域では、道に落ちている銭（お賽銭）を拾う人はいない。ボクは、銭を踏みながら霊地のありがたさを実感して感涙にむせんだ……。

「永遠の瞑想」――湯殿山の即身仏とは

「語るなかれ」「聞くなかれ」の湯殿山信仰には、もう一つ大きな特徴がある。

現在、全国に現存する**即身仏《そくしんぶつ》（僧侶のミイラ）十七体**※**のうち約六割に当たる十体が湯殿山系の即身仏**だといわれているんだ。その理由はあとで述べるとして、どうやって即身仏になるのかを説明しよう（土中入定《どちゅうにゅうじょう》※の場合。地上で亡くなり遺体を地下に埋めてミイラ化させる方法もある）。

まず湯殿山の仙人沢で山籠りし、千日回峰行《せんにちかいほうぎょう》という千日単位の厳しい修行を行う。その際、五穀を断って三千日、十穀を断って五千日の木食行《もくじきぎょう》を積み、のちに内臓が腐敗したり虫が湧いたりするのを避けるために、漆《うるし》を飲む。漆は人体には毒だから、これを飲むこと自体、苦行だ。

そして、地下に造られた石室に設置された木の箱（座棺）の中に入り、坐禅を組んで鉦《しょう》（あるいは鈴《りん》）を打ち鳴らしてひたすら読経する。石室に通じる竹筒を通して空気と水を送るけど、やがて土中からの反応がなくなり成仏したことを知ると、竹筒を抜いて石室を密閉する。

座したままミイラ化（自然乾燥）したその身は、三年三カ月後に掘り出され、キンキラキンの派手な法衣を着せられて厨子《ずし》に安置され、即身仏として祀られる。

……ざっとこんな具合だけど、大変な覚悟と想像を超えた所業だね。

なぜそこまでして即身仏になろうとするのか？　それは即身仏になれば、五十六億七千万年後の世に現れ給う弥勒菩薩《みろくぼさつ》を、ミイラになって待つことができるという信仰からだ。衆生救済《しゅじょう》を目的として生死《しょうじ》を超え、即身仏となって永遠の瞑想に入る（入定）ことができるというわけだ。即身仏になった人たちには尊敬の念しかない……。

※「即身仏十七体」……横浜市鶴見区にある總持寺《そうじ》には、中国唐代の禅僧石頭希遷《せきとうきせん》とされる「肉身仏」（中国での呼び名）が日本に運ばれて安置されている。これを入れると十八体になる。

※「入定」……通常「入定」はたんに「瞑想に入ること」の意だが、ここでは即身仏になることで「永遠の瞑想に入ること」をいう。

即身仏の起源は「人を殺めた懺悔」？

では、なぜ山深い湯殿山に即身仏が多いのか？　次のような話が伝わっている。

ある日、農家の若者が道で武士とすれ違った際に、持っていた肥料が誤って武士の袴に振りかかってしまった。怒った武士が刀を抜いて斬りかかってきたので、若者は持っていた稲杭《いなぐい》※で応戦したところ武士の脳天を打ち割って殺してしまった。

ただでは済まないと思った若者は、湯殿山大日坊《だいにちぼう》※に駆け込んだ。当時、湯殿山大日坊は寺社奉行《じしゃぶぎょう》でさえ介入できなかったからだ。

若者は人を殺した罪を悔いて僧侶になったが、それだけでは悔い足らず、木の実と木の根だけを食べて三千日の荒行を積み、生きながらに土中に入って竹で空気穴を作り、そのまま息絶えたという。

土中入定する前に若者は、「命のある限り鉦を鳴らしながら念仏を唱えます。声が聞こえなくなり、鉦の音がしなくなったら竹筒を抜いて穴をふさいでください」と言い残した。やがて鉦の音が聞こえなくなってしばらくしたあと、ミイラ化した身を掘り出し、法衣を着せて即身仏として祀ったという。

この若者以来、湯殿山の仙人沢にて即身仏になる者が出てきたといわれている。

※「稲杭」……刈り取った稲束を円形に掛けて自然乾燥させるために垂直に立てられた棒のこと。
※「湯殿山大日坊」……大日坊は八〇七年に弘法大師《こうぼうだいし》（空海《くうかい》）によって開創された。湯殿山が女人禁制だったために女人の湯殿山礼拝所として建立された。

最上川を下る「ゆらり船旅」で鶴岡から酒田へ

六月十日（陽暦七月二十六日）、芭蕉は羽黒山を出発し、**鶴岡**《つるおか》（山形県鶴岡市）に到着した。鶴岡は庄内《しょうない》藩南部に位置し、酒井《さかい》氏の城下町として盛えていた。酒井家初代の忠次《ただつぐ》は、家康の義理の叔父であり、徳川四天王筆頭と称された功臣だ。

芭蕉は鶴岡藩士**長山重行**《ながやまじゅうこう》を訪ねた。鶴岡俳壇で重きをなしていた重行は、江戸勤めの時、芭蕉庵に出入りして弟子になっていた。出羽三山を巡る旅で疲れ果てていた芭蕉は、重行宅に着くと一眠りし、夜になって句会を催している。

重行宅で三日間過ごして体力を回復させた芭蕉は、主に舟を利用して**酒田**まで七里（約二十八キロメートル）の旅を続けた。久しぶりにラクな旅だ。

山形県の酒田は最上川の河口にある港町で、庄内米の一大集散地として栄え、「瑞《ずい》賢蔵」と呼ばれる米の貯蔵庫がたくさんあった。「瑞賢」とは、酒田を起点として江戸に至る東廻《まわ》り海運と西廻り海運を整備した河村《かわむら》瑞賢（瑞軒とも）（一六一八～一六九九）のことで、米や庄内特産の紅花などを積んだ船は、ここから江戸などに運ばれた（瑞賢は芭蕉と同郷で互いに交流もあった）。

酒田町民の暮らしは豊かで、「本間《ほんま》様には及びもせぬが、せめてなりたや殿様に」と謳《うた》われた大庄屋で豪商の本間家が誕生している。本間家は、戦後の農地解放による解体まで日本最大の地主と称され、栄華を誇った。

酒田で芭蕉は医師**伊東玄順**《いとうげんじゅん》を訪れ、お世話になった。玄順は俳号を「不玉《ふぎょく》」といい、酒田地方の俳壇の中心人物だった。

芭蕉はお礼に不玉の家で何度か句会を催し、歌仙を巻いている。その時作ったのが次の句だ。

あつみ山や
吹浦《ふくうら》かけて
夕涼み

訳
「あつみ山」という、名前からして暑さを感じさせる山から、涼しい風を思わせる「吹浦（海）」を見下ろすのは、なかなかしゃれた夕涼みだ。

季語
夕涼み（夏）

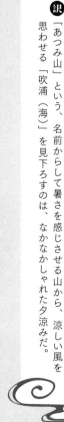

あつみ山は鶴岡市にある温海岳《あつみだけ》のこと。標高七百三十六メートル。「あつみ山から吹浦を見下ろす」と解釈しているけど、芭蕉はあつみ山に登ってこの句を詠んだわけではなく、想像して詠んだ。

「暑苦しい」と「あつみ山」の類似、また暑気を吹き払う涼しげな名の「吹浦」から着想を得ている。談林派の作風を思わせる洒落た句に仕上がっている。

そしてもう一句、前に詠んだ「**五月雨を　あつめて早し　最上川**」とは違った趣向の最上川の句を詠んだ。同じ題材で二つの句を詠み、それを『おくのほそ道』に載せているんだから、芭蕉の自信作といえる。

初句は「**涼しさや　海に入れたる　最上川**」だった。「涼しさ」を「暑き日」と変えたところに芭蕉の天才を見る。最上川の大量の水に流された灼熱《しゃくねつ》の太陽が、西の海に沈んで行く壮大な光景を想像できる句だ。

暑き日を 海に入れたり※ 最上川

季語
暑き日（夏）

訳 最上川河口の沖合いを見ると、まさに真っ赤な太陽が沈もうとしている。そのさまは、一日の暑さをすべて海に流し込んでいるようだ。

※芭蕉自筆本では「入れたる」となっている。

❋「憂愁の美女」のような景勝地・象潟での艶かしい一句

芭蕉は出羽の**「象潟《きさがた》」**※（秋田県にかほ市）には大きな憧れを抱き、「景色のいいところをたくさん見てきたが、象潟にはかなうまい」と大絶賛している。

象潟は八五〇（嘉祥《かしよう》三）年の大地震で海岸線が陥没し、入江の中に九十九島、八十八潟といわれるほど無数の小島が散在する景観となった。その結果、**「東の松島、西の象潟」**と称されるほどの景勝地となったんだ（現在は隆起により陸地となっている）。

憧れの象潟を目指す芭蕉は酒田を旅立ったものの、あいにく天候に恵まれなかった。しかし「雨もまた趣深いものだ」と開き直って強い雨をついて旅を続け、象潟に入った。翌朝、空が晴れ渡ると、芭蕉は象潟に舟を浮かべ、真っ先に能因《のういん》法師ゆかりの能因島に舟を寄せ、法師が三年間ひっそり住まわったという庵《いおり》の跡を訪ねた。

次に反対側の岸に移動し、西行《さいぎよう》が歌に詠んだ桜の老木を見た。憧れの地を今こうして目の当たりにした芭蕉は、期待通りの素晴らしい景勝地だと、いたく感動した。

その景色は松島に似ているが、同時にまったく異なる。松島は楽しげに笑っているようだし、象潟は深い憂愁《ゆうしゅう》に沈んでいるようなのだ。寂しさに悲しみまで加わってきて、その土地の有様《ありさま》は美女が深い憂いをたたえてうつむいているように見える。

象潟は『おくのほそ道』最北の地。
現在は水田の中に島々の姿がある

明るく楽しげな景観だった松島に対して、「美女が深い憂いをたたえてうつむいているよう」と表現される美をもつ象潟。芭蕉にしては珍しく憂愁かつ妖艶《ようえん》ともいえる描写になっている。そこで詠んだ句も当然、その路線を踏襲している。

※「象潟」……読み方は一般には「きさがた」だが、地元では駅名も町名も「きさかた」と清音。

象潟や
雨に西施《せいし》が
ねぶの花

季語
ねぶの花（夏）

訳
象潟に来てみると雨が降る中、ねむの花が雨にしおたれている。その姿は中国の美女、西施が愁いを含んでうつむいているさまを想像させる。

「ねむ（ぶ）の花」は漢字で「合歓の花」と書き、夜になると細い葉が閉じて眠るように見えるところからその名がある。そのねむの花の様子を見た芭蕉が想像したのが**「西施」**という女性だ。

西施は、中国の春秋《しゅんじゅう》時代、越王勾践《えつおうこうせん》が呉王夫差《ごおうふさ》に献じた超美人のことだ。でも、この献上は罠《わな》だった。夫差が好色なのを知った勾践が、貧しい農民の娘で絶世の美女だった西施を見出して夫差の好みの女性に仕上げ、呉へ送り込んだ。勾践は美女西施によって、ライバル国の呉王夫差を骨抜きにするのが目的だった。

この作戦は見事大当たり!!

夫差は西施を溺愛《できあい》して国を傾けた。そして、その機に乗じて越は呉を攻めて陥落させたんだ。ともかく勝てば官軍、勾践は西施を取り戻した。ところが勾践夫人が西施の美貌を恐れ、夫も夫差の二の舞になっては国難のもとになると考え、西施を長江《ちょうこう》に沈めて殺してしまったんだ。お、恐ろしい……。

ボクとしてはどれほどの美女だったか一度見てみたかったけど、政治の道具にされた西施の人生はまさに悲劇……生きたまま皮袋に入れられて川に沈められるなんて……。その死後、長江で蛤《はまぐり》がよく獲れるようになると、人々は蛤のことを「西施の舌」と呼ぶようになったんだ。合掌。

ちなみに、西施は胸が痛む持病があった。あるとき、その発作が起きて、彼女は胸元を押さえて眉を顰《ひそ》めた。その苦しむ様子がかえって愁いを秘めた魅力的なものだったので、男たちの視線は眉を顰めた西施に釘付けとなった。それを見た女性たちが我も我もとこれに倣《なら》って同じく眉を顰めたことから、**「顰《ひそみ》に倣う」**（考えもなく、むやみに人のすることを真似ること。また、人の言行を見習うことを謙遜していう）という言葉が生まれた。

この故事を念頭に句を詠んだわけだけど、艶《なまめ》かしいものに仕上がっているね。

海辺の潮だまりで「幕府の隠密」と合流!?

芭蕉は、象潟の海辺の「汐越《しおごし》」という潮だまり（浅瀬）にいる鶴の姿を見て次のような句を詠んだ。そこは、鶴も立つことができるほどに浅い。着物の丈が短くて脛《すね》を長く外に出しているのを**「鶴はぎ」**というんだけど、まさに汐越の鶴の姿を見た芭蕉は、「これぞ鶴はぎだ」と感心しきりだった。

汐越《しおごし》や
鶴《つる》脛《はぎ》ぬれて
海涼し

季語
涼し（夏）

訳
汐越の浅瀬に舞い降りている鶴の脛（脚）を見ると、打ち寄せる波しぶきを浴びて濡れ、いかにも涼しげだ。

季語は「涼し」で、季節は夏。暑い夏に、鶴が打ち寄せる波に脛まで濡れていかにも涼しげな風景に見える、というものだけど、考えてみると冬鳥のはずの鶴が夏の海にいるのはおかしな話。実はここでの鶴はコウノトリのこと。当時コウノトリはコウヅルと呼ばれていて鶴の一種と考えられていたんだ。

ところで、芭蕉たちが象潟を訪れた時、ちょうど熊野《くまの》権現《ごんげん》のお祭りが行われていたんだけど、ボクはそこで素朴な疑問をそのまま句に詠んだ。

象潟や　料理何食ふ　神祭り　（曾良）

訳 象潟で熊野権現のお祭りが行われている。海辺の象潟であるのに、熊野信仰によって魚を食べるのを禁じられ、いったい何を食べるのだろうか。

ちなみにボクは「うどんを食べた」と日記に書いた（笑）。

もう一句、ある古歌を踏まえててボクは次のような句を詠んだ。

波越えぬ　契《ちぎ》りありてや　雎鳩《みさご》の巣　（曾良）

訳 波が降りかかってきそうな危ない岩場にミサゴの巣がある。強い絆で結ばれていれば波が岩を越えてくることはない、と詠んだ古歌の世界をミサゴの夫婦に見る思いがするなぁ。

ボクが踏まえた古歌※とは、『百人一首』にも撰ばれている次の歌だ。

ちぎりきな かたみに袖を しぼりつつ 末の松山 波こさじとは

訳 約束しましたね。お互いに涙で濡れた袖をしぼりながら、波が末の松山を越さないように、二人の愛は末永く変わるまいと。

作者は三十六歌仙の一人に数えられた平安時代中期の貴族、**清原元輔**《きよはらのもとすけ》。清少納言《せいしょうなごん》の父親だ。この有名な古歌を踏まえて、ボクは仲睦まじいミサゴを温かく見守ったんだ。

ここで、突然**「低耳」**《ていじ》という人によって詠まれた句が載せられている。低耳は「美濃《みの》（現・岐阜県）の商人」と説明され、ボクの日記にも登場するんだけど、どこから現れたのか、どんな関係の人物かはまったく不明。一説には、低耳は幕府の隠密で、芭蕉たちと連絡を取るためにここで合流したのではないかといわれている。

蜑《あま》の家《や》や　戸板を敷きて　夕涼み　（低耳）

訳 象潟の漁師たちの家では、戸板を縁台代わりに敷いて夕涼みを楽しんでいる。なんとおおらかで風流なことだ。

海のない「美濃」出身だからだろうか、象潟の海辺で戸板を縁台代わりに夕涼みしている漁師たちの姿を見て感興を催している。この低耳、しばらく芭蕉と旅を共にしている……なんだかアヤシイ人物だ。

※古歌……「君をおきて　あだし心を　わが持たば　末の松山　波も越えなむ」（『古今和歌集』東歌、よみ人しらず）という説もある。

4章

北陸道を南進！
長旅の疲れでへとへと道中

――持病も悪化し、句作にも苦労！

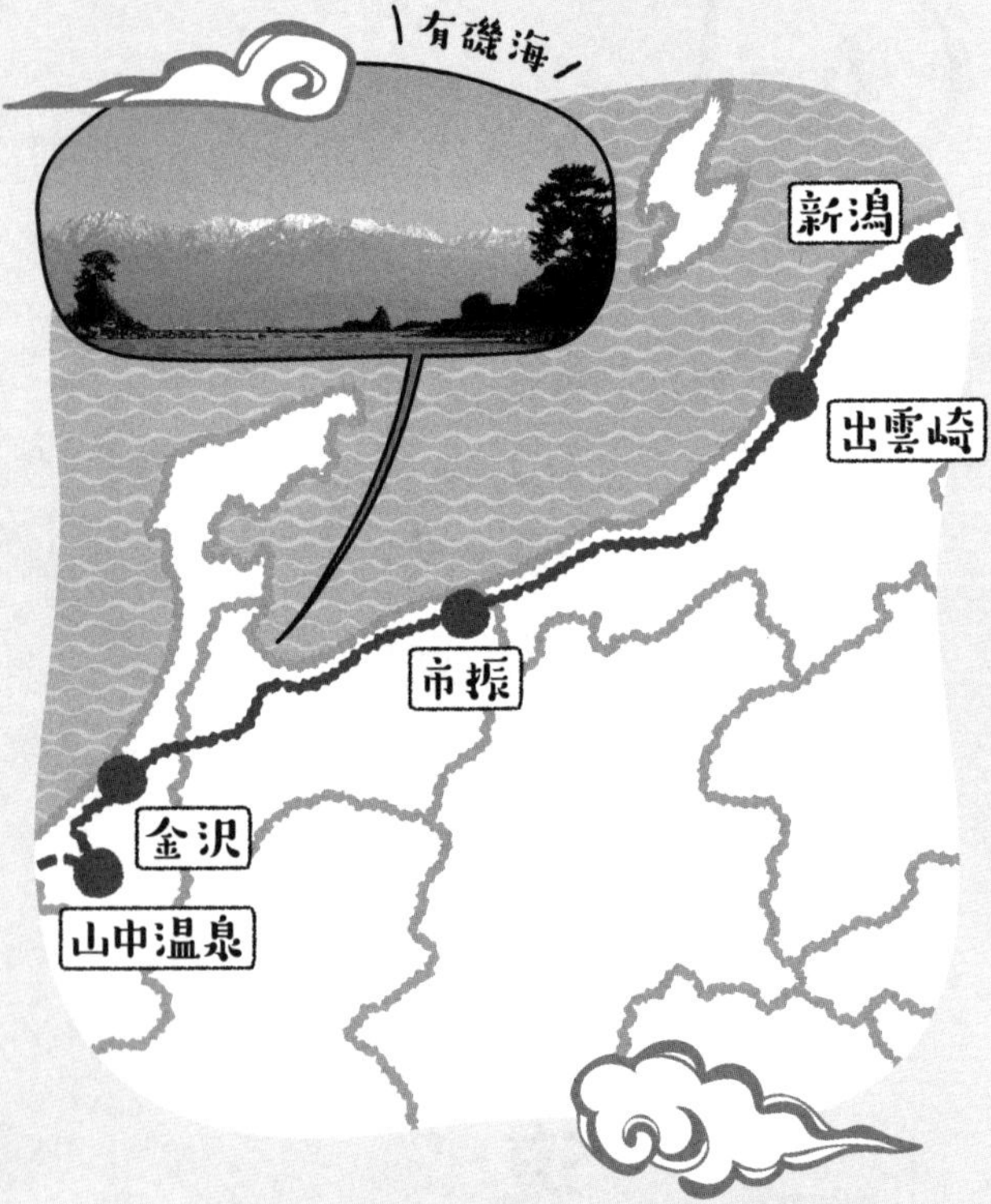

越後から北陸道（新潟県・富山県・石川県・福井県）を南進する芭蕉だが、暑さにまいり、持病も悪化して句作にも苦労した。市振では遊女と出会い、金沢では門人一笑の早逝に号泣した芭蕉は、山中温泉で曾良のリタイアという最大の困難に直面した。

「お伊勢参り遊女」とのひと時の交歓

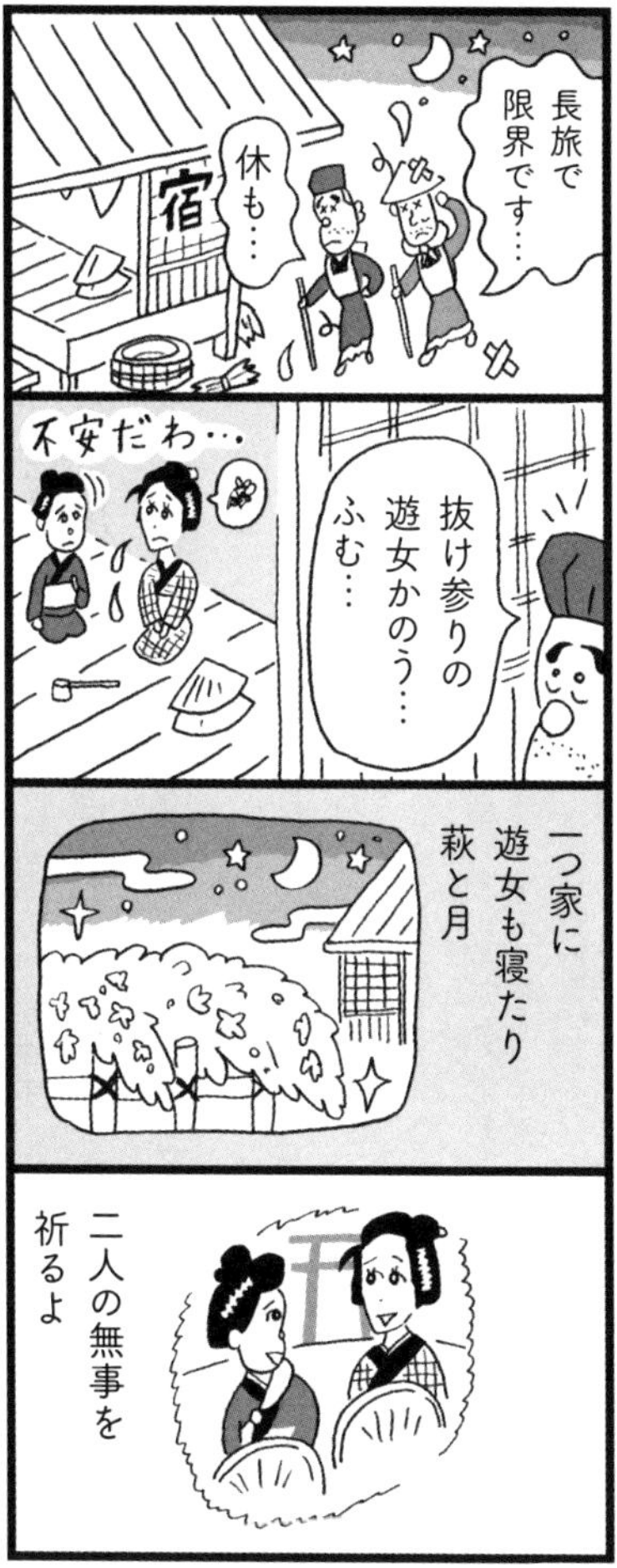

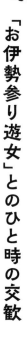

庄内《しょうない》の酒田《さかた》を出立した芭蕉は、越後《えちご》（現・新潟県）と越中《えっちゅう》（現・富山県）の国境《くにざかい》に位置する**市振**《いちぶり》（新潟県糸魚川市《いといがわし》）まで約三百五十キロメートルもの長旅をしたにもかかわらず、その道中のことを十行ほどしか記していない。よほど体調がすぐれなかったのだろうか。

なるべく身軽な格好をし、最小限の荷物にはしたものの杖と笠以外に何も持っていなかったわけではない。重い荷物を持っての旅、しかも一日に三十キロメートルも歩くとなれば、かなり体力が必要だ。

疝気《せんき》※**や痔疾**《じしつ》**持ちの芭蕉**にとっては薬も手放せないものだった。長旅で疲れが溜まると、どちらの病気もつらい。

それでも七月七日に**直江津**《なおえつ》（新潟県上越市）の佐藤右雪《さとうゆうせつ》宅で連句の会が催されることが決まると、芭蕉は気力を振り絞って句をひねり出した。

※「疝気」……腰や下腹の内臓が痛む病気。

『おくのほそ道』俳諧㉜

文月《ふみづき》や六日も常の夜には似ず

季語
文月（秋）

訳 もう七月になった。いよいよ七夕《たなばた》だと思うと、前日の六日の夜でさえいつもと違ってワクワクした特別な夜に感じるよ。

コラム 芭蕉と暮らした女性「寿貞」とは何者なのか？

陰暦七月七日は織姫と彦星が一年に一度逢うことができる特別な日「**七夕**」だ。芭蕉が恋に関する句を詠むのは珍しいけど、芭蕉も恋の一つや二つは当然経験している。生涯独身を貫いた「俳諧一筋」の求道者《ぐどうしゃ》と思われてきた芭蕉だが、実は妻、あるいは内縁関係の女性がいたのではないか、という説が唱えられた。

芭蕉が俳諧宗匠《はいかいそうしょう》となって生活が安定した頃から、「**寿貞**《じゅてい》」という女性が芭蕉の近くに住み、さらに三人の子供も呼び寄せていたというのだから、ただ事じゃない。

寿貞は芭蕉が江戸に出てくる前に別れた恋人で、芭蕉と別れたあとは母子家庭となり、それを見かねた芭蕉が彼女を呼び寄せて面倒を見たのではないか、というのだ。

一方、寿貞は芭蕉の甥（姉の子で芭蕉の養子）の桃印《とういん》と結婚し、三人の子供をもうけた女性だという説もあるけど、いずれも憶測の域を出ない。

確実なのは、**寿貞という女性が晩年の芭蕉の近くに住み、やがて芭蕉庵に移り住ん**

で、**そこで病を得て亡くなってしまった**ということだ。

寿貞が亡くなったのを聞いた時、芭蕉は弟子の向井去来《むかいきょらい》の住む草庵、落柿舎《らくししゃ》（京都市右京区嵯峨野《さがの》）にいた。

「寿貞は不幸せ者だ。子供たち三人もまた不幸せ。筆舌に尽くしがたい哀れさだ」――そう手紙に書いた芭蕉は泣きながら次の句を詠んだ。

数ならぬ　身となおもひそ　玉祭り※

訳「自分などものの数にも入らぬつまらない人間だ」と卑下しないでおくれ。お前が立派に成仏できるよう供養してやるからな。

※「玉祭り」……お盆に、亡くなった人の霊を慰める儀式。

この句を読むと、寿貞は「日陰者」≒「内縁の妻」だったようにも思えるね。寿貞の死からわずか四カ月後、あとを追うようにして芭蕉も息を引きとっている。

世阿弥も流された「佐渡島」に着想を得た自信作

七月四日に出雲崎《いずもざき》（新潟県三島郡）に到着した芭蕉は、ある句の着想を得ていた。それは「**佐渡島**《さどがしま》」を題材としたものだった。

新潟県西部に位置する佐渡島は、古来、政治犯や凶悪犯罪者が数多く流された地なんだ。本土から三十二キロメートル以上離れていて、脱出が不可能だったためだ。なかでも鎌倉幕府を倒そうとして父の後鳥羽《ごとば》上皇とともに承久《じょうきゅう》の乱を起こして敗れた順《じゅん》徳《とく》上皇に至っては、佐渡に流されて死ぬまで実に二十一年を数えた。

ところが、佐渡に流された文化人・政治家などが、都の文化を伝えた影響から、さまざまな伝統芸能が受け継がれたという面は見逃せない。

なかでも有名なのは**能**だ。能の大成者である世阿弥《ぜあみ》が流されて以来の伝統を受け継ぎ、江戸時代、佐渡には二百を超える能舞台が造られた（現在も三十三棟が残る）。京都の「着倒れ」、大阪の「食い倒れ」と同様、佐渡には「**舞い倒れ**」という言葉があり、それは能にハマって身上《しんしょう》をつぶすことを意味した。

『おくのほそ道』俳諧㉝

荒海や
佐渡に横たふ
天の河

季語

天の河（秋）

訳 目前に広がる日本海の暗い荒海の向こうに佐渡島が見える。その上に天の川がかかっている雄大な景色だ。

また、佐渡は金の採掘でも有名で、江戸幕府の天領として幕府の財政を支えた。しかし、その繁栄の陰には過酷な労働環境下で働かされていた鉱山労働者たちがいた。芭蕉はそんな佐渡の深い歴史に思いを馳せながら、七月七日の連句の会でこの句を披露した。

ただ、出雲崎に滞在中の二日間は、本当は雨続きで天の川など見えなかった。芭蕉が見たのはあくまで脳裏に映る天の川だった。でも、現実を無視してでも芭蕉はこの句を『おくのほそ道』に入れたかった。相当な自信作だったに違いない。

❖「一つ家に 遊女も寝たり」――すべて芭蕉の創作?

「今日は親知らず、子知らず、犬戻《いぬもど》り、駒返《こまがえ》しなどという北国《ほっこく》一の難所を越えて体が疲れたので、枕を引き寄せて寝ていた」

こう芭蕉が書いた北陸道最大の難所は、現在の新潟県糸魚川市にあり、古来**「天下の険《けん》」**として旅人に恐れられていた(「天下の険」としては箱根の山も有名だよね)。

波打ち際の狭い道が約十五キロメートルにわたって続き、三百〜四百メートルの断崖絶壁と荒波が旅人の行く手を阻む。そこを駆け抜ける際には、親は子を忘れ、子は親を顧《かえり》みる余裕もなかったことから**「親不知《おやしらず》・子不知《こしらず》」**と呼ばれるようになったんだ。

やっとのことで難所を越え、市振の旅籠《はたご》にたどり着いたのが七月十二日の夕方。疲れ果てた芭蕉が早々に休もうとしていると、ふすま一枚へだてた隣の部屋から二人の若い女の声と年老いた男の声が聞こえてきた。思わず聞き耳を立てる芭蕉（笑）。

「遊里に身を沈めて遊女というあさましい身に落ちぶれ、客と真実のない夜ごとの契《ちぎ》りをし、日々罪を重ねる。前世でどんな悪いことをした報いなのでしょう。あまりに不運です」

どうやらこの二人の女は**越後の遊女**で、お伊勢参りのため無断で遊郭を抜け出して（いわゆる「抜け参り」※）来ていて、この関まで男が送ってきたようだ。

次の朝、その二人の遊女が芭蕉に話しかけてきた。

「お坊様、私たちは伊勢までどう行ったらよいかわからなくて心細いのです。ご一緒できなくとも、せめてあなた様のお姿が見え隠れするくらいの後ろから付いてまいりとう存じます。なにとぞ、ご出家のお情けで仏様の慈悲を私たちにもお分けくださって仏道に入る縁を結ばせてくださいませ」……二人の遊女は涙を流しながら訴えたんだ。でも、芭蕉は聞き入れるわけにもいかない（実際のところお坊様じゃないし）。

「大変お気の毒なこととは存じますが、私たちは立ち寄るところが多い旅ですのでご一緒できません。寄り道せずに同じく伊勢に旅する人に付いていきなさい。そうすれば伊勢神宮の天照大神《あまてらすおおみかみ》のご加護によって伊勢に無事到着できるでしょう」

そう言って宿を出たものの、不憫《ふびん》に思って後ろ髪を引かれる思いの芭蕉だった。そんな思いを句にしている。

※「抜け参り」……奉公人などが急に思い立って仕事を抜け、主人に無断で伊勢参詣に行くこと。子供が親に無断でお伊勢参りすることもあった。食事や宿などを無料で提供する「施行《せぎょう》」というものがあり、施行を受ける目印である「柄杓《ひしゃく》」さえ持っていれば、無銭で伊勢までたどり着くこともできた。

一つ家《や※》に遊女も寝たり萩《はぎ》と月

季語

萩・月（秋）

訳 同じ宿の屋根の下に、たまたま遊女が泊まり合わせて寝ている。折しもその宿の庭に咲く萩を、こうこうと月が照らしている。

※「一つ家」を「ひとついえ」と読む説もあるが、そうすると字余りになる。

華やかに咲く**「萩の花」**を遊女、その遊女たちを優しく静かに照らす**「月」**を芭蕉、とするのが一般的な解釈だ。でも、芭蕉が自分のことを偉そうに上から照らす月に見立てることはないのではないか、との意見もある。

この句は艶《つや》っぽいものだけど、この遊女の話全体が眉に唾するような話で、芭蕉の創作なんだ。ボクの『曾良随行日記』にまったく記述がなく、また当時、越後から伊勢に向かう一般的なルートでは市振は通らない可能性が高かったからね。

まあ、そこはご愛敬。『おくのほそ道』の中のエピソードとしては、とてもいいアクセントになっているし、句もいい出来だ。

それにしても、女性だけでお参りに行くほど庶民の間で**「お伊勢参り」**がブームだったことに驚かされる。江戸時代には約六十年周期でお伊勢参りが爆発的に流行し、それを「お蔭参《かげまい》り」というのだけど、『おくのほそ道』の刊行から三年後の一七〇五（宝永《ほうえい》二）年には約三百五十万人、一八三〇（文政《ぶんせい》十三）年には半年で約四百六十万人（当時の日本の人口の六分の一）もの参拝客が訪れたという記録も残っている。

さて、七月十三日（陽暦八月二十七日）に市振の宿を発った芭蕉は、越後路から越中路へと入っていく。

一路、金沢へ！「有磯海」を眺めつつ一句

市振を出た芭蕉は、「黒部《くろべ》四十八《しじゅうはち》が瀬《せ》」と呼ばれる数え切れないほどの川を渡って、那古《なご》（富山県射水《いみず》市）という浦に出た。

芭蕉はその五里ほど先にある**「担籠《たご》の藤浪《ふじなみ》（波）」**という歌枕の地に行こうと思って、人に道を尋ねてみた。ところが「担籠には漁師の粗末な小屋が数軒あるばかりで、一夜の宿を貸してくれるところなどありませんよ」と脅され、泣く泣く行くのを諦めた。

「担籠の藤浪」は田子浦藤波《たごのうらふじなみ》神社（富山県氷見《ひみ》市）にあった藤の名所で、古来歌枕として有名だった。『万葉集』の編纂《へんさん》に関わった**大伴家持《おおとものやかもち》**の歌が残っている。

藤波の 影なす海の 底清み 沈《しづ》く石をも 珠《たま》とそ吾《あ》が見る

女岩を前景として立山連峰を望む「有磯海」

訳 藤波が影を映す海の底の様子が清らかなので、沈んでいる石をも私は美しい珠と見ることだ。

そのあと訪れた有磯海《ありそうみ》で、芭蕉は次ページの句を詠んだ。歌枕の「有磯海」とは特定の地名ではなく、荒磯の続く越中の海岸全体（富山湾）を指している。そのためか、「この場所こそ芭蕉の詠んだ『有磯海』です」と自称する有磯海の句碑がいくつも存在しているんだ（笑）。

早稲《わせ》のいい香に包まれた芭蕉は今年の豊作を予感し、「有磯海」を右に見ながら一路金沢目指して「分け入る」ように歩いていく。

『おくのほそ道』俳諧㉟

早稲《わせ》の香《か》や分け入る右は有磯海《ありそうみ》

季語

早稲（秋）

訳 北陸の豊かな早稲の香りに包まれて加賀《かが》（現・石川県）の国に入っていくと、右側には歌枕として知られる「有磯海」が広がっている。

✿加賀百万石の中心地で詠んだ「秋風四態句」

芭蕉の目指した金沢は前田《まえだ》家の城下町で「加賀百万石」と称され、江戸幕府中最大の石高《こくだか》を誇っていた。

加賀藩主・前田家の祖にあたる利家《としいえ》は、豊臣《とよとみ》政権下で「五大老」の一人として徳川《とくがわ》家康《いえやす》と並ぶ地位を得ていた。でも豊臣秀吉《ひでよし》亡きあと徳川家康に天下を取られてしまう。加賀の人々は、前田家が徳川家の家来になってしまった悔しさを歌にして伝えた。

天下 葵《あおい》よ 加賀様 梅よ 梅は葵の たかに咲く

訳 天下は徳川様の「葵」のご紋よ。加賀の前田様は「剣梅鉢紋《けんうめばちもん》」よ。でも梅の花は葵よりも高いところに咲くよ。

なかなか言うねぇ、加賀の人たちのプライドの高さがよ～くわかる。

芭蕉は、金沢に七月十五日（陽暦八月二十九日）から二十三日（陽暦九月六日）までの九日間滞在した。さすが加賀百万石の中心、金沢。町は大いに賑わっていた。金沢には芭蕉の門人がたくさんいたが、芭蕉は「一笑《いっしょう》」と号する茶屋《ちゃや》新七《しんしち》に会いたかった。金沢片町で葉茶商を営む一笑と芭蕉とは面識はなかったんだけど、一笑が俳諧に打ち込んでいるとの評判は芭蕉の耳にも届いていた。

ところが芭蕉が金沢に来てみると、一笑は三十六歳という若さで前年の暮れに亡くなっていたんだ。それを知った芭蕉はひどく落胆した。

七月二十二日、一笑の兄によって追善供養のために行われた句会で、芭蕉は一笑の死を嘆く句を吟じた。さらに芭蕉は連続して三句、計四つの句を吟じた。

四句に共通するテーマは「秋の風」。

まず、「塚も動け」の句での「秋の風」は慟哭《どうこく》に近い泣き声であり、一笑への哀悼《あいとう》句だ。次は秋の訪れを告げる涼風としての「秋の風」。三句目は、立秋前後の過ぎゆく季節への哀愁。最後の句では、土地名「小松《こまつ》」と「萩薄《はぎすすき》」に秋風の「しをらしき」(上品で優美なさま)を掛けている。まさに芭蕉の「秋風四態句」だ。

芭蕉はさわやかな秋空のもと、次の宿泊地**小松**(石川県小松市)へと向かうのだった。

『おくのほそ道』俳諧 ㊱

塚も動け
わが泣く声は
秋の風

訳 塚よ、私の呼びかけに答えて動いてくれ！ 一笑の塚（墓）を目の前にして泣いている私の声は、あたりを吹き抜ける悲しい秋風のようだ。

季語
秋の風（秋）

『おくのほそ道』俳諧㊲㊳㊴

秋涼し 手ごとにむけや 瓜茄子《うりなすび》

季語 秋涼し（秋）

訳 秋の涼しさに溢れる瓜や茄子という秋野菜でもてなしを受けた。皆さんもその手先に秋の涼しさを感じるよう、それぞれ瓜や茄子を剝《む》こうじゃないですか。

あかあかと 日はつれなくも 秋の風

季語 秋の風（秋）

訳 あかあかと照りつける陽の光は容赦ないけれど、立秋も過ぎて吹く風には秋の気配を感じる。

しをらしき 名や小松《こまつ》吹く 萩薄《はぎすすき》

季語 萩・薄（秋）

訳 優美な名前を持つ「小松」の地を吹き渡る秋風が萩や薄の穂をなびかせる景色は、旅愁を感じさせるものだ。

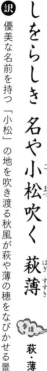

小松の多太神社で「悲劇の武将」に思いを馳せて…

時は12世紀後半
源平合戦にて
義仲どの〜
源（木曾）義仲
討ち取った人の
髪を洗ったら
めっちゃ
白髪でした
えっ
命の恩人「実盛」
ではないか！
気づかなかった…
この世は
無常よのう
芭
コロコロリ

小松の多太《ただ》神社で芭蕉は平家の武将、**斎藤実盛**《さいとうさねもり》（一一一一～一一八三）の「兜《かぶと》と錦の直垂《ひたたれ》の切れ端」を見て、五百年前の源平合戦に思いを馳せた。

ベベンベン♪　芭蕉の時代から遡ること約五百年……。

源《みなもとの》**（木曾）**《きそ》**義仲**《よしなか》は、父義賢《よしかた》が殺された時、わずか二歳だった。義賢に恩を受けていた斎藤実盛は、一族の争いで殺されかけた義仲を助けて信濃《しなの》の武将に預けたんだ。源義朝《よしとも》（頼朝《よりとも》のパパ）に仕えていた実盛だったんだけど、平治《へいじ》の乱で義朝が敗れたあとは関東に落ち延び、苦渋の決断の末、平氏に仕えた。やがて源平合戦が起きると、実盛は平 維盛《たいらのこれもり》に従って出陣し、平家方の一員として源氏方と戦うことになった。

一方、木曾の地でたくましく成長した義仲は武将として名を立て、実盛とは敵味方の関係になっていた。

すでに七十歳を越えていた実盛は、義仲との戦の出陣を前にしてここが最期の地だと覚悟し、「老人だと思われて手加減してもらいたくない」という思いから白髪を黒く染め、若武者のフリをして奮戦したものの、ついに討ち取られてしまった。

むざんやな
甲《かぶと》の下の
きりぎりす

季語
きりぎりす（秋）

訳 なんと痛ましいことだ。勇猛果敢だった実盛は討たれ、遺された兜の下には今やただコオロギが鳴いているばかりだ。

若武者のフリをしてまで勇敢に戦って討たれた、老武者実盛。首実検《くびじっけん》の際、すぐには実盛本人だとわからなかったけど、怪しんだ義仲が首を池で洗わせたところ、染料が落ちて白髪に変わり、その首が実盛のものだとわかった。義仲は命の恩人を討ち取ってしまったことを知り、人目もはばからず号泣したという。べベンベン♪

義仲のファンでもあった芭蕉は、実盛の「兜と錦の直垂の切れ端」を前にして、運命の皮肉を痛感して万感胸に迫るものがあった（重要文化財の、義仲が奉納したとされる実盛の兜は、多太神社で見ることができるよ）。

しかし、その源平合戦もすでに五百年も昔のこと。遺された実盛の兜の下では秋の哀れを誘うようにキリギリスが鳴くばかり。「夏草や」と同様、無常観溢れる句になっている。ちなみにキリギリスは今のコオロギに当たる。

「石山の 石より白し」――道中最大の事件を暗示する句？

芭蕉は小松から山中温泉へ行く途中、**那谷寺**《なたでら》（小松市）に立ち寄った（本当は順番が逆）。芭蕉は那谷寺で次の句を詠んでいる。

『おくのほそ道』俳諧 ㊶

石山の
石より白し
秋の風

季語

秋の風（秋）

訳 那谷寺の境内にはたくさんの白い石山があるが、ここを吹き抜ける秋の風はその石山よりもさらに白く清浄に感じられ、この境内には厳かな空気が立ち込めている。

「清水の舞台」を思わせる那谷寺の本殿の拝殿は国の重要文化財

那谷寺は、灰白色の凝灰岩《ぎょうかいがん》でできた山腹の岩窟の中に、十一面千手観音《せんじゅかんのん》を祀る本殿があり、懸崖《けんがい》造りの拝殿は、小さな清水寺の舞台のような趣がある。

奇岩としても知られるその石山の白さよりも、さらにクリーンな秋の風に荘厳《そうごん》さを感じる芭蕉……素直に感じたことを詠んだとする説が有力だけど、別の説も二つ紹介しよう。

まず、「石山」は、有名な近江《おうみ》の石山寺《いしやまでら》（滋賀県大津市）のことだというものだけど、さすがにこの地で芭蕉が近江の石山寺を思い浮かべて句を詠むのはちょっと無理がある。

もう一つの説として、**「秋の色は白」と**

する中国の考え方があり、それに基づいて芭蕉は秋風を白いと詠んだというものだ。

古代中国では、若葉青々しい「春は青」、灼熱の太陽が燃え盛る「夏は赤」とする考え方があった。

ここまでは理解できるんだけど、「秋は白」「冬は黒」といわれると？？？　だね。冬に関していえば、通常「白」「銀」のイメージだけど、どうやら日照時間が短く、すぐ日が暮れるところから「冬は黒」になったようだ。

残った問題の秋だけど、日本人の感覚では、秋といえば「稲穂」や「紅葉」を連想するだけに「秋＝白」とはならないよね。でも、古代中国の**陰陽五行《いんようごぎょう》説では秋は無色透明な寂寥感《せきりょうかん》を漂わせる季節**、つまり**「白」のイメージ**でとらえられていたんだ。

秋の風を「白い」と芭蕉が詠んだ真意が「寂寥感」だと深読みするならば、このあと起こる**『おくのほそ道』道中最大の事件**を予感させる句になっている。

曾良、山中温泉で療養も道中をリタイア！

お師匠様
ここにてお別れです
も〜ムリ…
リタイア
病気じゃ
仕方ないの〜
ゴシ
「同行二人」
この文字消そっと
笠
同行二人
ゴシ
曾良よ…
よき弟子であった
なむなむ…
死んでませんから!!
冗談だって…
ばっ

『おくのほそ道』道中最大の事件……それは芭蕉と旅を共にしてきたボクが体調を崩して病気になってしまったことだ。

その療養もかねて山中温泉（石川県加賀市）に到着したボクたちは、和泉屋《いずみや》という宿屋に泊まった。宿の主人は久米之介《くめのすけ》という、まだ十四歳の少年だったんだけど、彼の亡父（実は亡祖父）は俳諧を好んだ実力者だった。

こんなエピソードが残されている。

かつて安原貞室《やすはらていしつ》という京の俳諧師がこの地を訪れた際に詠んだ句に対して、その亡父が厳しい批評をした。まだ若かった貞室は慢心を恥じ、京に帰ってからひたすら努力した。その後、俳諧の大家となった貞室は、山中温泉の人たちから句の指導を頼まれた際、「今の自分があるのはこの土地の人のおかげだ」と言って、添削料を決して取らなかったという。

芭蕉は山中温泉の人たちのそうした美談を聞かされたこともあり、日本有数の温泉地で温泉に浸かることをとても楽しみにしていた。

山中や
菊はたをらぬ※
湯の匂ひ

季語
菊（秋）

訳 ここ山中温泉では菊を折ってその香をかがなくとも、湧き出る湯の匂いを吸っているだけで十分に長寿の効き目がありそうだ。

※「たをらぬ（手折《たお》らぬ）」＝「折らない」。

古来、菊は**「仙境に咲く霊薬」**として邪気を払い長寿の効能があると信じられていた。中国の神話で、彭祖《ほうそ》という人は菊の葉に結ぶ露を飲んで仙人となり、少年の姿のまま八百歳まで生きたという伝説もあるくらいだ。

中国では、奇数の日は縁起のよい「陽の日」で、その陽の最大値である「九」の重なる九月九日を**「重陽《ちょうよう》の節句」**と呼んで祝った。日本では、旧暦の九月九日は菊が咲く時期でもあり、その日に菊の香りを移した菊酒を飲んで邪気を払い、無病息災や長寿を願ったんだ。そこで「重陽の節句」は**別名「菊の節句」**とも呼ばれた。

芭蕉が山中温泉に着いたのは八月。九月九日にはまだ遠い。でも効能抜群の山中温泉に浸かりさえすれば、菊の力に頼らずとも健康を回復し、長寿の効き目があるはずだと芭蕉は期待し、この句を詠んだ。

それもこれも、病を得たボクがこの山中温泉に入ってゆっくり療養し、回復することを祈ってくれたからなんだけど、残念ながら上手くはいかなかった。

ボクの病気は回復せず、旅をリタイアせざるをえないという大きなアクシデントに見舞われてしまった。芭蕉師、ごめんなさい!!

✧行き行きて 倒れ伏すとも――「同行二人」もこれまで

行き行きて 倒れ伏すとも 萩の原 （曾良）

訳 行けるところまで行って、たとえ力尽きて途中で倒れてしまっても、最期は萩の咲く野原で迎えたいものだ。

ボクは伊勢長島（現・三重県桑名《くわな》市）の親戚を頼って、そこで療養することにしたんだ。そして芭蕉と別れるに際して、こんな句を詠んだ。

道中どこで死のうが構わないけど、同じのたれ死にするなら、折から萩の花が咲いている野で死にたいものだ、と。旅にかける思いの強さが出ているでしょ⁉

さすがに死にはしなかったものの、**ボクは病気になって旅をリタイアすることになってしまった**。残念無念……。

芭蕉はボクとの別れを悲しみ、残された者の無念さを詠んだ。

今日よりや
書付《かきつけ》消さん
笠の露

季語
露（秋）

訳
今日、笠に書いていた「乾坤無住《けんこんむじゅう》 同行二人《どうぎょうににん》」の字を消して曾良とはお別れだ。これからは一人で旅を続けよう。笠にかかる露は秋の露か、それとも私の涙か。

『おくのほそ道』の旅に出るに際して、芭蕉は、巡礼者が笠に書くように「乾坤無住同行二人」と書いていた。天地の間に安住する場所はどこにもなく、ただ仏とともに二人（四国八十八カ所のお遍路《へんろ》さんは弘法大師《こうぼうだいし》と二人）で修行を続けるという意だけど、ここでは仏ではなくボクこと曾良を指している。

しかしボクがリタイアしてしまった以上、「その書き付けを消そう」と、悲壮な覚悟を決めた芭蕉の目には涙が溢れていた……なんとも深い師弟愛、と言いたいところだけど、この話、どうも嘘臭い。

本当は喧嘩別れ？「これ以上、面倒見てられない！」

芭蕉と別れたあと、ボクは療養先のはずの伊勢の長島に真っすぐ向かわず、あちこち見物して回ったんだ。とても重病の人が取る行動ではないよね。

どうもおかしい、いや、怪しい。

実はボクが、芭蕉との旅を続けることにギブアップしたんだよ。

重い荷物を背負っての長旅の疲れが蓄積したうえに、あれこれと芭蕉の世話までしなければならないストレスが溜まってもう爆発寸前。

温厚なボクだけど、芭蕉との間にギクシャクした空気が流れていたんだ。

ボクが幕府の隠密であるという説においても、最大の仕事だった仙台藩の調査が終わった今となっては、これ以上芭蕉と一緒にしんどい旅を続ける理由がない。

ボクとしては、このあたりがいい引き際なんだ。

よもすがら　秋風聞くや　裏の山　（曾良）

訳 一晩中裏山を吹く秋風の淋し気な音を聞いて眠れない夜であったよ。

「芭蕉と別れて一人になった淋しさが身に染みて眠れない」と嘆いて詠んだ句だけど、本音のところは違っていて、残りの旅のお供はほかの弟子たちに任せたほうが得策、と考えたってわけ。

お先に失礼!!

ボクは、あちこち見物して楽しんでから療養先へと向かうことにするね。ただしこの本のナビは、引き続きボクこと曾良が担当するのでよろしくね。

5章

曾良と別れて旅の終着地、大垣へ！

――そして、「風雅の道」探求の旅路は続く

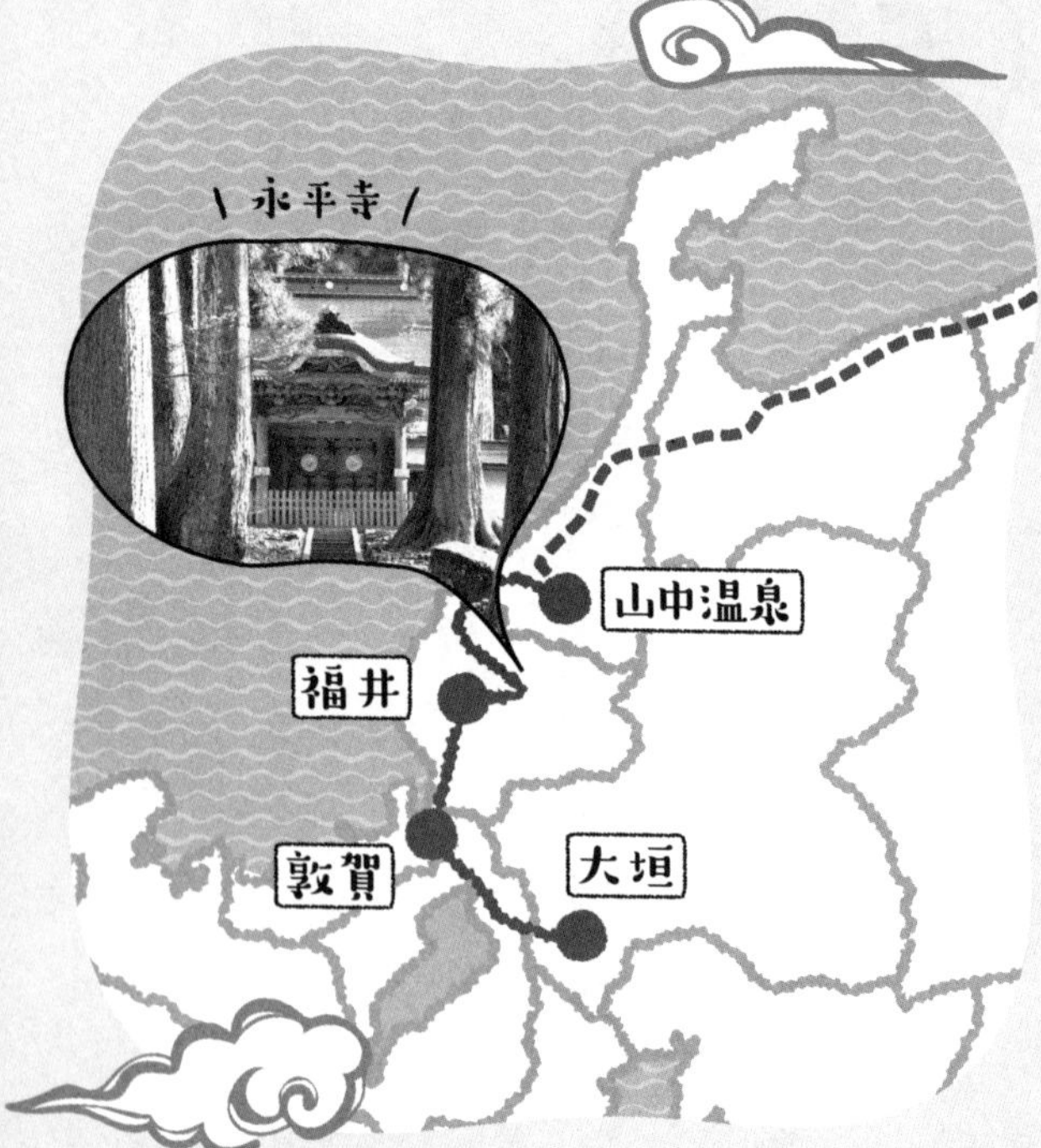

曾良と別れた芭蕉は、永平寺や氣比神宮を訪ね、敦賀から舟で向かった種の浜で寂寥感溢れる夕暮れの景色を見て感動した。途中、一人旅もあったが、無事に大垣へとたどり着いて弟子たちの大歓迎を受け、大旅行は無事にめでたく終わりを告げた。しかし、芭蕉の胸には次なる決意が秘められていた。

「蕉門十哲」の一人を同行して加賀から越前へ

若い僧に追いかけられたり…
一句おねがいしマース！
サインくださーい
私がお供できるのここまででして…
立花北枝
また淋しい一人旅に戻ったりで…
なんか疲れたのう…
トトン
ワテがおりますがな～
案内しますよ～
神戸洞哉
ムキッ

一足先に旅からリタイアしたボク（曾良）。一方、残された形になった芭蕉は、大聖寺町《だいしょうじまち》（石川県加賀市）にある全昌寺《ぜんしょうじ》という禅寺に宿泊した。ここから先の旅には、ボクではなく、金沢から見送りに来ていた**立花北枝《たちばなほくし》が芭蕉に同行**することになった。

北枝の本名は研屋《とぎや》源四郎《げんしろう》。金沢で刀の研ぎ師をしていた。北枝は金沢を訪れた芭蕉と初対面だったにもかかわらず心酔し、すぐさま入門した。そのあと、ちょっとだけ芭蕉を見送る予定だったんだけど、金沢を出てから二週間以上も芭蕉に随行した。途中、ボクがリタイアしていなくなったため、北枝の存在は芭蕉にとってとても心強いものだったに違いない。

ボクと別れた芭蕉は、旅を急がねば、と早々に加賀を出立して越前《えちぜん》（現・福井県）に行こうとした。ところが、そうはさせじと若い僧たちが紙や硯《すずり》を抱えて「芭蕉様、サインください、いや、一句詠んでください!!」と、寺の石段のところまで追いかけてきた。さすが人気者!!

観念した芭蕉は、庭に柳の葉が散っているのを見て、即興で句を詠んだ。

庭掃《は》きて出《い》でばや寺に散る柳

訳 お寺の境内に散り敷いている柳の葉を箒《ほうき》で掃いて、お寺に泊めてもらったお礼をちゃんとしてから出立したいものだ。

季語 散る柳（秋）

これは建前上のお礼の句で、本当に芭蕉が箒で境内を掃いたわけではないのは、もちろんだ。挨拶もそこそこに芭蕉は次の地へと急いだ。

芭蕉が激賞する西行作「汐越の松の歌」の真相

芭蕉は吉崎《よしざき》（福井県あわら市）の入江を舟で渡り、**「汐越《しおごし》の松」**を訪れた。

よもすがら 嵐に波を 運ばせて 月を垂れたる 汐越の松

訳 夜通し嵐に波を運ばせて潮をかぶった汐越の松の梢《こずえ》に、波の雫《しずく》がしたたっている。それに月光が映り、まるで月をしたたらせているように見えるではないか。

芭蕉は尊敬する西行《さいぎょう》の和歌を引用し、

この一首にこの地の美景はすべて詠み込まれている。もし一言でも付け加えるならば、それは五本ある指にもう一本付け加えるような無用のものだ。

と最大級の賛辞を贈り、この歌枕で句を作ることはなかった。ところが、この歌は西行作ではなかった――。

吉崎の千歳山《ちとせやま》、通称「御山《おやま》」の頂に**吉崎御坊**《よしざきごぼう》という坊舎がある。浄土真宗《じょうどしんしゅう》の第八世**蓮如上人**《れんにょ》（一四一五～一四九九）が、比叡山延暦寺《ひえいざんえんりやくじ》などの迫害を受けて京から遁《のが》れ、北陸における布教拠点として開いたもので、吉崎御坊は浄土真宗の聖地となっていた。

汐越の松の歌は、この蓮如の作。完全に芭蕉の勘違いだった（笑）。でもそれは仕方がない。おそらく信者たちの仕業《しわざ》だからだ。あまり上手くない蓮如の歌を西行作とすることで、浄土真宗中興の祖といわれた蓮如の格上げを狙ったようだ。

芭蕉はこのあと**天龍寺**《てんりゆうじ》（福井県吉田郡）の住職の大夢和尚《たいむおしよう》を訪ねている。芭蕉はこの和尚と古くからの知人で、ぜひまた会いたいと思っていた。和尚と再会を果たして心温まる芭蕉。ところがここで北枝と別れることになった。

短い期間だったけど、ボクがリタイアしたあと芭蕉に同行してくれた北枝には感謝の念しかなく（ボクからも感謝）、別れは淋しいものだった。

『おくのほそ道』俳諧 ㊺

物書きて扇《おうぎ》引きさくなごりかな

訳 秋になって不用になった扇だが、何か落書きしてから引き裂いて捨てるように、北枝とのお別れは仕方がないとはいえ、心が引き裂かれるような痛みをともなう、つらい別れなのだ。

季語
秋扇《あきおうぎ》・捨《す》て扇《おうぎ》（秋）

この句における「扇」は秋になって使われなくなった「秋扇」のことで、時季に合わず役に立たなくなったものの比喩《ひゆ》だけど、芭蕉は「秋扇をただ捨て去るには惜しいから、せめて落書きしてから引き裂こう」と詠んだ。**北枝との別れの切なさが込められている句**だ。

唐代の詩人于武陵《うぶりょう》は「人生別離足る」（＝人生に別れはつきものだ）と言い、それを井伏鱒二《いぶせますじ》は「『サヨナラ』ダケガ人生ダ」と訳し、芭蕉は、「扇引きさくなごりかな」と詠んだ。人生、出会いがあれば必ず別れもある。

ちなみに北枝はその後も俳諧にのめり込んで精進を重ねた。その真面目な勉強ぶりに、芭蕉は「金城《きんじょう》（金沢のこと）に北枝あり」と賞讃しており、のちの「蕉門十哲《しょうもんじってつ》」の一人にも加えられることになったんだ。北枝は嬉し涙を流して喜んだ。

✿なぜ芭蕉の門人たちは「蕉風」を「正風」と称した？

芭蕉とその門人の俳諧は「蕉風《しょうふう》」と呼ばれたけど、蕉門俳人たちは「正風《しょうふう》」と称し、自己の俳諧こそ天下の正風と誇示したんだ。芭蕉には**「蕉門十哲」と呼ばれる優秀な**

十人の弟子たちがいた。人選には諸説あるけど、おおよそ次のようになる。

・**宝井其角**《たからいきかく》（一六六一～一七〇七）……蕉門一の高弟。芭蕉は其角を「藤原定家卿《ふじわらのさだいえきょう》の才能に匹敵する」と評している。定家は『百人一首』を撰定した歌道の大家。

・**服部嵐雪**《はっとりらんせつ》（一六五四～一七〇七）……「草庵《そうあん》に桃桜《とうおう》あり。門人に其角嵐雪あり」と芭蕉が称えているように、嵐雪は其角と双璧《そうへき》の才能の持ち主だと認めていた。

・**向井去来**《むかいきょらい》（一六五一～一七〇四）……去来は若くして武士の身分を捨て、京都嵯峨《さが》野《の》の「**落柿舎**《らくししゃ》」という草庵で暮らした。去来は蕉風の代表句集『猿蓑《さるみの》』の編者をした。

・**内藤丈草**《ないとうじょうそう》（一六六二～一七〇四）……若くして遁世《とんせい》していたが、『おくのほそ道』の旅から帰った芭蕉に出会い、芭蕉から信頼を得て『猿蓑』の跋文《ばつぶん》（あとがき）の執筆をした。

以上の四人は、どの説でも「蕉門十哲」に選ばれている。

・**各務支考**《かがみしこう》（一六六五～一七三一）……論客《ろんかく》であり、全国に蕉風を広めた。

・**森川許六**《もりかわきょりく》（一六五六～一七一五）……「許六」の名の通り、六芸《りくげい》に通じた才人。

・**杉山杉風**《すぎやまさんぷう》（一六四七〜一七三二）……蕉門の最古参格で、経済的に芭蕉を支援した。

・**立花北枝**《たちばなほくし》（?〜一七一八）……『おくのほそ道』の旅で金沢を訪れた芭蕉に入門した。

・**志太野坡**《しだやば》（一六六二〜一七四〇）……蕉風を普及させるため、上方《かみがた》や九州を行脚した。

・**越智越人**《おちえつじん》（一六五六〜一七三九）……尾張《おわり》蕉門の重鎮《じゅうちん》で『更科紀行《さらしなきこう》』の旅に同行した。

一般的には以上十人が「蕉門十哲」とされるが、杉山杉風、立花北枝、志太野坡、越智越人の四人に代わって、ボクを含む以下の人物を加える説もある。

・**河合曾良**《かわいそら》（一六四九〜一七一〇）……『鹿島紀行（鹿島詣）』『おくのほそ道』に同行した。

・**広瀬惟然**《ひろせいねん》（一六四八?〜一七一一）……岐阜を訪れた芭蕉に入門した。

・**服部土芳**《はっとりとほう》（一六五七〜一七三〇）……芭蕉と同郷の後輩。伊賀《いが》蕉門の中心的人物。

・**天野桃隣**《あまのとうりん》（一六三九〜一七二〇?）……芭蕉の縁者（従兄弟《いとこ》か甥といわれている）。

北陸きっての名刹、永平寺を一人旅

天龍寺で北枝と別れた芭蕉は、**ついに一人旅**になった。

その後、北陸きっての名刹、永平寺《えいへいじ》（福井県吉田郡）を訪れているけど、永平寺についてはさらりと書いているだけだし、句もまったく詠んでいない。一人旅になってその孤独とわびしさゆえ句を作る心境になれなかったのか、あるいは紹介状なしで中に入れてもらえず、感想の抱きようがなかったのかもしれない。

いずれにせよボクの『曾良随行日記』がないので、『おくのほそ道』の記述をたどっていくしかない状況だ。

✿福井の旧友宅訪問！『源氏物語』の「夕顔の巻」をオマージュ

芭蕉は永平寺を訪ねたあと、俳人**神戸洞哉**《かんべとうさい》（芭蕉は「等栽《とうさい》」としている）を尋ねて福井へと急いだ。

洞哉は、十年以上前に江戸の芭蕉を訪ねてきてくれた旧友だった。すでに越前俳壇の長老となり、もう亡くなっているかもしれぬと思いながら人に尋ねると、いまだ存命だと聞いて芭蕉は嬉しくなった。

洞哉宅は町中のちょっと引っ込んだところにあり、夕顔や糸瓜《へちま》の蔓《つる》がからまって鶏頭《けいとう》や箒木《ははきぎ》で扉が隠れている簡素なわび住まいだった。門口を叩くと、洞哉の妻と思《おぼ》しき地味な女性が出てきて対応してくれた。

実はこの場面、**『源氏物語』の有名な「夕顔の巻」を下敷きにしている**。

光源氏が夕顔の家を初めて訪ねる場面を、芭蕉が洞哉の家を訪ねる場面に置き換えて描写しているんだ。とはいっても、「貴公子光源氏vs.芭蕉」ではまったく勝負になっていないね（笑）。

さらに、三角関係のもつれで夕顔が六条御息所《ろくじょうのみやすんどころ》の生霊《いきりょう》に呪い殺された時、「昔物語などにこそかかることは聞け……」（＝昔の物語にはこんな恐ろしいことが書かれているとは聞いていたが、まさか本当にあるとは……）と、生霊の出現に恐怖しながらつぶやいた光源氏のセリフを、芭蕉は「昔物語にこそかかる風情《ふぜい》ははべれ」（＝昔の物語にはこんな風情がございます）と言い換えて、見事にオマージュ（パクリではないよ）している。

さすが芭蕉は元談林《だんりん》派。昔とった杵柄《きねづか》でその真骨頂《しんこっちょう》を発揮し、戸口での洞哉の妻とのやり取りを雅《みやび》な王朝の物語を下敷きに、**諧謔《かいぎゃく》精神溢れる面白味**を感じさせる場面に仕上げている。

このあと芭蕉は洞哉と会って旧交を温め、彼の家に二泊して敦賀《つるが》（福井県敦賀市）の港へ旅立った。

見送ってくれた洞哉は、おどけて裾をまくり上げ、楽しそうに道案内してくれた。そしてそのまま旅に同行してくれたので、芭蕉の一人旅は短い期間で終わっている。

✿「びっくりするほど美しい月」を氣比神宮でも見たい！

ボクが病気で去り、北枝とも別れて孤独な一人旅になっていた芭蕉だけど、福井で洞哉と再会して元気を取り戻して旅の**ラストスパート**に入った。

順調に旅を続けた芭蕉は、八月十四日（陽暦九月二十七日）の夕方、**敦賀**に到着して宿を取った。その夜はことさら晴れていて、月がびっくりするほど美しかったんだ。

ところが「明日（十五夜）の天気は保証できません」と宿の主人が言うので、芭蕉は夜にもかかわらず**氣比神宮**《けひ》（敦賀市）の参拝に出かけた。

氣比神宮の境内は、神々《こうごう》しい雰囲気に満ちていて、松の梢《こずえ》の間に月の光が漏れ、神前の白砂《はくさ》は霜を敷き詰めたように清浄な美しさに満ちていた。それを見た芭蕉が美しい句を詠んだ。

月清し
遊行《ゆぎょう》の持てる
砂の上

季語
月（秋）

訳 月の光が美しい夜。歴代の遊行上人《しょうにん》たちが、氣比神宮への参詣《さんけい》を楽にするために運んだという白砂の表面に、月の光が反射するさまは清らかで美しい眺めだ。

宿の亭主が語るには、

昔、遊行二世の上人が自ら草を刈り、土石を運んできて湿地にそれを流し、人が歩けるように整備なさった。この先例が今でも廃れず、代々の上人が神前に砂をお運びになっているので、なに不自由なく参詣できるのです。これを「遊行の砂持ち」と言っております。

このエピソードにも、氣比神宮の境内の白砂の美しさにも、ただ感動するばかりの芭蕉だった。

翌十五日、亭主が「保証できません」と言った通り、前日の晴天とは打って変わって雨が降った。**見事的中!!** これには天気予報士もビックリだ。

八月十四日の夜、素晴らしい月と、その光に照らされる感動的な氣比神宮の白砂の美しさを堪能《たんのう》した芭蕉だったけど、次の日は雨のため十五夜満月のお月様を拝むことはできなかった。

その**ガッカリ感を詠んだ句**が次の句だ。

名月や
北国《ほっこく》日和《びより》
定めなき

季語
名月（秋）

訳 十五日の今夜、中秋の名月を期待していたのにあいにく雨になってしまった。本当に北国の天気は変わりやすいものなのだなあ。

もし芭蕉が十五夜の満月を見ることができていたら、「名月や」の句は違ったものになっていただろうと思うと、ちょっと残念な気もするね。

ちなみに芭蕉と別れていたボクは、芭蕉のことが心配になり、先回りして敦賀の宿屋「出雲屋《いずもや》」に行って芭蕉分の路銀として金一両を預けた。

そのことは『おくのほそ道』には書かれていないけど、芭蕉はボクの心遣いに涙したに違いない（たぶん）。

「種の浜」の寂寥感は、あの「須磨の秋」にも勝る!?

八月十六日（陽暦九月二十九日）は秋晴れとなった。芭蕉は敦賀の廻船問屋《かいせんどんや》※**天屋五郎右衛門**《てんやごろうえもん》の案内で、**「種の浜《いろ》（色の浜）」**へと舟に乗って出向いた。

種の浜は敦賀から海上約七里（約二十八キロメートル。実際は十二キロメートル程度）もあり、陸路では行けない場所だったけど、尊敬する西行が次の歌で詠んだように、「ますほの小貝」が本当に浜辺を薄紅色に染めているのか、芭蕉は確かめたかった。

汐染むる ますほの小貝 ひろふとて 色の浜とは いふにやあらん

訳 潮を薄紅色に染める、ますほの小貝を拾うというので、「(薄紅) 色の浜」というのだろうか。

芭蕉を案内してくれた五郎右衛門は、舟を出してくれただけでなく、豪勢な食事やお酒まで用意して芭蕉を接待してくれた。五郎右衛門は「玄流子《げんりゅうし》」と号した俳人であり、廻船問屋業で儲かっていたんだ。

帆は順風を受けて早々に種の浜へと到着したけど、浜には漁師の小さな家が数軒あるだけだった。

やっとわびしげな法華《ほっけ》の寺を見つけ、そこで飲食した芭蕉は、種の浜の夕暮れの寂しさが心に染み入ってくるのを感じ、一句詠じた。

※「廻船問屋」……江戸時代、荷主と船主の仲介をして、積み荷の取次を専門とした業者。敦賀の港には多くの廻船問屋が軒を連ねていた。

『おくのほそ道』俳諧㊽

寂しさや
須磨《すま》に勝ちたる
浜の秋

季語
秋（秋）

訳 ここ「種（色）の浜」の秋の寂寥感は、光源氏が配流《はいる》された須磨の秋の寂しさに勝っている。なんと素晴らしいことか。

ここで詠まれている「須磨」は、福井で洞哉を訪ねた時の文章と同様、**『源氏物語』を下敷き**にしている。

『源氏物語』の中で、光源氏がスキャンダルを起こして都落ちし、須磨（神戸市須磨区）に退居していた時、当時ド田舎だった須磨を訪れる「人」はなく、訪れるのは「波」だけだった。そんな究極の寂しい景色のことを「須磨の秋」と呼び習わし、「寂寥感の極致」として、わび・さびの世界を代表するキーワードになっていた。

ところが、芭蕉によると、種の浜の秋の景色がその須磨の秋に**「寂しさで勝っている」**というのだから凄い!!　いったいどれほどのスーパー寂しさなんだろう？

ただし、この句を詠んだ芭蕉の真意は、豪勢に接待してくれた五郎右衛門への挨拶としての意味が大きい。わざわざ舟を出してもらって見に行った種の浜が「何もなかった」というわけにはいかなかったので、「種の浜の秋景色は、寂寥感であの光源氏の須磨の秋に勝っている!!」と持ち上げて、五郎右衛門を喜ばせたんだね。

さて、本題に戻ろう。

芭蕉が見たかった「ますほの小貝」は、本当に浜辺を薄紅色に染めていたのだろうか？

波の間や
小貝にまじる
萩の塵《ちり》

季語
萩（秋）

訳
海の波が引いたあとの浜辺をよく見ると、あまたの「ますほの小貝」に混じって、萩の花が散って塵のようになって打ち上げられているよ。

西行が詠んだ歌のように、無数に散らばる**ますほの貝殻が種の浜を薄紅色に染めていた。**さらに塵のような萩の花が波際に打ち上げられ、一層美しい景色だと芭蕉は詠んだ。ここでの萩が一般的なミヤギノハギだとすると、花の色は赤紫色だ。「ますほの小貝※」は長さ三〜五ミリメートルほどの小さな二枚貝で、うっすらピンク色をしていて可愛らしい。「ますほ」は「まそほ（真赭）」の転で赤い色を意味するといわれている。無数のピンク色の貝殻と、赤紫色の花びらが波打ち際を彩っている様子を想像すると、うっとりするくらいの美しさだ。

もちろん現実にはそんな景色は存在しなかった。※芭蕉の詠んだ心象風景が、読み手の心に美しく映し出されるインパクトを持っている。

※「ますほの小貝」……正式にどの貝を指すのかは不明。サクラガイの仲間ではないかともいわれているが、ここでは「チドリマスオガイ科」（千鳥ますお貝）に属する貝だと解釈しておく。

※「現実にはそんな景色は存在しなかった」……萩の花も現実に存在したとして、「ますほの小貝と萩の花と合わせて色とりどりで美しい」とする説、「散りしおれた萩の花のわびしさとの対比で、ますほの小貝の艶やかさが引き立つ」とする説もあり、解釈が分かれる句でもある。

「旅立ち」と「旅の終わり」の見事な対応

種（色）の浜の最後に、芭蕉は「当日の遊興の一部始終は『等栽（洞哉）』の記録に任せる」と書いているように、**種の浜へは洞哉が同行していた**。結局ここまでの旅は、芭蕉の同行者がさまざまな手配をし、手助けをしてくれたお陰で成しえたといえる。

ボク（曾良）、北枝、洞哉と同行者リレーをしてきた芭蕉の弟子たちの努力、そして旅の宿を提供してくれた多くの人たちの協力、そうしたことがあってこその『おくのほそ道』であることを忘れないでいてほしい。

さて、最後を飾る「敦賀～ゴールの大垣《おおがき》間」の随伴者は誰か？

ここで意外な人物が現れる。最初に同行者の第一候補に挙がっていた**路通《ろつう》**だ。放縦な生活の癖が抜けず、同行者として不適とされた路通だけど、敦賀に芭蕉を迎えに行くにあたってバッサリ髪を落とした、いやツルツルに頭を丸めた。

それを見た芭蕉は路通の覚悟を見て取り、旅の最後を共にすることを許したんだ。

ちなみに後年、芭蕉は臨終に際し、門弟たちに「どうか路通の罪を赦してやってほしい」と言い残している。それを聞いた路通は泣いて感謝した。

芭蕉は最後の陸路を馬に乗って、さっそうと**大垣**（岐阜県大垣市）入りした!!

✿記念すべき「五十句目」を詠むため大垣から二見浦へ

「**大垣に芭蕉師が到着なさったぞ。全員集合!!**」

この掛け声のもと、伊勢《いせ》からボクが戻り、蕉門十哲の一人、越智越人も馬に乗って駆けつけた。親しい人たちも昼となく夜となく訪ねてきて「蘇生《そせい》の者に会ふがごとく」（＝あの世から生き返った人に会うように）芭蕉の無事を喜びいたわってくれた。

こうして『おくのほそ道』は、無事に旅の終わりを迎えた。

敦賀から大垣までを芭蕉がどうたどったのかはまったく不明だけど、路通の序文日付によると、八月二十八日までには大垣入りしている。一方、大垣着を八月二十一日とする説もある。

五カ月近い月日、約二千四百キロメートルもの距離、尊敬する西行や能因《のういん》法師の足跡を訪ね、みちのくの歌枕を題材に作句する、という**生涯を懸けた芭蕉の旅は終わった。**

大垣には弟子も多く、故郷の伊賀《いが》上野《うえの》も近かった。中山道《なかせんどう》の城下町大垣が『おくのほそ道』の結びの地となった……はずだった。

ところが芭蕉は、「まだ旅の疲れは癒えていないが、もう九月六日なので**伊勢神宮の遷宮《せんぐう》**を拝観しよう」と言って舟に乗り、また旅立ってしまった。

伊勢神宮では二十年ごとに新しく社を造替《ぞうたい》する「式年《しきねん》遷宮」という行事が行われる。それがちょうどその年の九月十日から始まるから拝観に行こう、というんだ。

確かに九月六日（陽暦十月十八日）に大垣を発てばそれに間に合う。しかし、これは表向きの理由で、芭蕉の真意は『おくのほそ道』を完成させる最後のピースを埋めに行くことにあった。

芭蕉は『おくのほそ道』最後の句、記念すべき五十句目を詠んだ。

技巧的な話でいえば、「蛤」は二見浦《ふたみがうら》（三重県伊勢市二見町）の名産で、蛤の「蓋《ふた》（と）身」に地名の「二見」が掛けられている、となるが、この句の意味はそんなところにはない。

蛤《はまぐり》の
ふたみに別れ
行く秋ぞ

季語
行く秋（秋）

訳 離れがたい蛤の蓋と身とが分かれるように、私は親しい人々と名残を惜しんで別れ、二見浦へ旅立とうとしている。まさに季節は別れの淋しさが身に染みる晩秋だ。

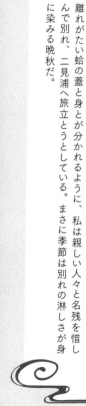

芭蕉は考えた。

『おくのほそ道』の矢立《やたて》の句は、田植えの季節である春に詠んだ「行く春や」だった。それに対応させて、最後の句(五十句目)は稔《みの》りの季節である秋に詠まねばならない!!

……それがこの「蛤の」の句であり、**「行く春」と「行く秋」とを対にすることで、旅立ちと旅の終わりとを見事に呼応させたんだ。**

ただ、「行く春や」の句は出発当時の作ではなかった。芭蕉は『おくのほそ道』の旅のあと、何度も推敲を繰り返し、この句を三年後に作っている。「別れ行く」と詠む芭蕉は、永遠の旅人としての姿を弟子や読者の脳裏に焼きつけたかった。

この句をもって『おくのほそ道』は静かに幕を閉じた。

❖そして、芭蕉の人生の旅は続く

二見浦を出た舟には、芭蕉のほかボクや路通も乗って舟上で連句を楽しんでいる。

伊勢に到着した芭蕉はお伊勢詣を済ませたあと、故郷の伊賀上野に戻った。でも、芭蕉は故郷でもゆっくりすることなく、また奈良、京都へと旅立っている。

みちのくの大旅行から戻った芭蕉は、推敲に推敲を重ねた。納得のいく原稿が完成するのに三年もかかっている。

書名を『おくのほそ道』と決めたのも、その過程においてだった。

江戸時代に、奥州《おうしゅう》道中として整備された主街道は、中世には鎌倉と陸奥《むつ》を結ぶ「奥大道《おくのだいどう》」と呼ばれた道だった。それに対して、多賀国府《たがこくふ》（宮城県多賀城市）付近の小道を「奥の細道」と呼ぶことを知った芭蕉は、その侘《わ》びた名が、自分の紀行文のタイトルとして「いいナ!!」と直感して拝借したようだ。

原稿の清書を達筆の素龍《そりゅう》※に依頼し、その表紙に「おくのほそ道」と芭蕉自らが書いた題簽《げんせん》（署名を記した紙片）を貼り、本二冊が完成したのがさらに二年後の一六九四（元禄《げんろく》七）年、つまり、**芭蕉が旅から戻って五年経った時点で、やっと決定稿ができあがった**ことになる。

※「素龍」……柏木《かしわぎ》素龍（?〜一七一六）。能書家で、のちに「柿衛本《かきもりぼん》」と呼ばれる清書本と「西村本」と呼ばれる清書本の二冊の『おくのほそ道』を清書した。

✣永遠の旅人、芭蕉が最後に見た夢とは⁉

芭蕉にとって「人生＝旅」の終着駅は存在しなかった。回遊魚のように旅を続ける芭蕉が旅をやめる時、それは死ぬ時にほかならなかった。

その年（一六九四年）の五月、芭蕉はその清書本を携えて故郷の伊賀に戻り、兄に贈った。その後、近江《おうみ》、京を回って大坂に着いた時、高熱で倒れた。

完璧な推敲、能書家による清書、ピタリとくる書名……最高傑作ができあがったことにホッとしすぎたのか、弟子たちに看取《みと》られながら、一六九四年十月十二日申《さる》の刻（午後四時前後）、芭蕉は亡くなった。享年五十一。

風雅の道を極めんとした芭蕉が、死の床に臥《ふ》しながら見た最後の夢とは、いったいなんだったのだろうか。

旅に病んで　夢は枯野を　かけ廻《めぐ》る

おわりに

芭蕉の自筆本『奥の細道』の発見

芭蕉が亡くなったあと、前述の素龍清書本『おくのほそ道』のうち一冊は、何人かの所有者を経て敦賀市の西村家の蔵するところとなり、これをもとに京都の井筒屋《いづつや》が木版本として刊行し、世に広まりました。それは一七〇二（元禄十五）年のこと。

その奥書に「芭蕉の自筆本」があることが書かれていたのですが、**芭蕉の死後、実に八年の歳月が過ぎていました。**

最後に、その本は長らく行方不明になっていました。

ところが、その幻の書が一九九六（平成八）年に公表され、大騒ぎになりました。

その本には、七十カ所を超える訂正の貼紙が貼られていて、芭蕉がいかに苦労して推敲したかが、まざまざとわかるものになっています。芭蕉の自筆本は、『おくのほそ道』の草稿段階を知る手掛かりとして第一級史料といえるでしょう。

板野博行

俳句（俳諧）の表現技法

1 季語

俳句には春・夏・秋・冬の四季を表す「季語」が詠み込まれていること（基本的に一句につき一語）が条件になっている。「季語」とは、たとえば「春」なら、「暖か・陽炎《かげろう》・雲雀《ひばり》」などの時候や天文、生活や動植物などだが、なかにはわかりにくいものがある。

たとえば「蜘蛛《くも》」??

そうした時に便利なのが、『歳時（事）記』。

『歳時記』には、四季の事物や年中行事などがまとめられており、特に俳句用の『歳時記』には季語ごとに解説と例句が加えられている。ちなみに「蜘蛛」は「夏」の季語。

2 切れ字

「かな」「けり」「や」などの強く言い切る語のことで、句の切れ目を作ると同時に、感動（の中心）や詠嘆、意味の広がりを表す言葉でもある。

3 句切れ

意味やリズムの切れ目のこと。

句切れは「かな」「けり」「や」などの切れ字や、言い切りの表現が含まれる句でどこになるかが決まる。「古池や　蛙飛びこむ　水の音」の場合だと、初句切れ（五・七・五の最初の五）の句となる。

4 字余り・字足らず

俳句は、五音・七音・五音の計十七音から成るのが基本形。ただし、必要に応じて五音が六音に増えたり、七音が六音に減ったりしてもよく、それぞれ「字余り」「字足らず」という。

『おくのほそ道』五十音順全句

※曾…曾良作、低…低耳作、挙…挙白作、作者名がないものはすべて芭蕉作

参考文献

『新編日本古典文学全集70 松尾芭蕉集（1）』井本農一・堀 信夫著訳、『新編日本古典文学全集71 松尾芭蕉集（2）』井本農一・久富哲雄・村松友次・堀切実著訳、『新編日本古典文学全集72 近世俳句俳文集』雲英末雄・山下一海・丸山一彦・松尾靖秋著訳（以上、小学館）／『ビギナーズ・クラシックス 日本の古典 おくのほそ道（全）』角川書店編（角川ソフィア文庫）／『芭蕉自筆 奥の細道』上野洋三・櫻井武次郎校注（岩波文庫）／『芭蕉と旅する「奥の細道」』光田和伸監修（PHP文庫）／『新潮日本古典集成 芭蕉文集』富山奏校注、『新潮日本古典集成 芭蕉句集』今栄蔵校注、『とんぼの本 奥の細道を歩く』井本農一・村松友次・土田ヒロミ（以上、新潮社）／『ビジュアル入門江戸時代の文化 京都・大坂で花開いた元禄文化』深光富士男、『図説 おくのほそ道』山本健吉訳（以上、河出書房新社）／『写真で読み解く おくのほそ道大辞典』佐藤勝明監修（あかね書房）／『奥の細道なぞふしぎ旅 上・下巻』山本鉱太郎（新人物往来社〈KADOKAWA〉）／『マンガ日本の古典25 奥の細道』矢口高雄（中公文庫）／『讃おくのほそ道 みちのく路全四巻』森田純画刻・北土舎版元（文秀堂）

本書は、本文庫のために書き下ろされたものです。

月日は百代の過客にして行き
かふ年もまた旅人なり舟の
上に生涯を浮かべ馬の口
とらへて老いを迎ふ
る者は日々旅
にして旅を栖
とす古人も多く
旅に死せるあり予もいづれ
の年よりか片雲の風に誘はれて
漂泊の思ひやまず

（画刻・森田純）

眠《ねむ》れないほどおもしろい　おくのほそ道《みち》

著者　板野博行（いたの・ひろゆき）
発行者　押鐘太陽
発行所　株式会社三笠書房
〒102-0072 東京都千代田区飯田橋3-3-1
電話　03-5226-5734（営業部）03-5226-5731（編集部）
https://www.mikasashobo.co.jp
印刷　誠宏印刷
製本　ナショナル製本

 ISBN978-4-8379-3088-4 C0195

王様文庫